U0127441

舞蹈管理和製作的理論與實踐

陳蒨蒨、李艾倩 著

李宛霖 繪

五南圖書出版公司 印行

推薦序一

　　爲我帶過的舞蹈學博士和訪問學者們出書作序，已經成爲一種傳統，而這是陳蒨蒨的第二本書了，因此，我這是第二次爲她出書作序了。由於她的第一本書《用文化舞蹈——林懷民的舞蹈文化觀》是我指導的博士論文增補版，自然會帶有些許學理性和思辨性，雖然娓娓道來且能自圓其說，卻難有一發而不可收的快感。但讀這本書的感覺可就大相逕庭，眞可謂「文如其人」了——從文字的開門見山和文風的痛快淋漓中，我們不難想見作者爲人的眞誠和爲學的坦蕩！我確信，這將是未來讀者們的共同感受！

　　首先，抓住我眼球的是她在「作者序一」中夾雜著坦誠、靈性、自嘲與自信的自白——「5歲開始亂跳舞，11歲開始接受專業化的系統舞蹈訓練，我的技術技巧也很好（自己覺得），但因爲我熱衷生活、酷愛美食，所以，現實的舞台並沒有給我太多機會，我在一個舞者最精華的20歲出頭便告別了舞台……」；接著，讓我心動過速的是她以自我設問、研究個案和Tips三段式爲全書提供的目錄與正文。讓我頗感欣慰的是，其中

的「問題意識」與「學以致用」，應該與她在中國藝術
研究院攻讀博士學位這三年中所受的教育和訓練有關，
比如「舞蹈大學生為什麼要自己做演出？舞蹈大學生為
什麼要學管理？藝術總監和行政總監是做什麼的？如何
與未來舞蹈家相處？舞蹈管理概念研究；舞蹈管理在學
校行政中的應用；大學藝術行政人才培育規劃之初探；
舞蹈管理課程模式初探；理論課程的創意從何而來？校
園舞蹈文化產業之特性初探；舞蹈文化產業園區建設之
人力素質研究；品牌行銷對舞蹈文化產業發展的重要意
義」等等，而在通讀了全書之後，我禁不住感歎，陳蒨
蒨在北師大藝術與傳媒學院舞蹈系這個平台上磨練了多
年之後，儼然成為一位具有豐富的舞台製作經驗，並能
靈活運用各種理論的青年專家！

　　第三，我在通讀全書的過程中，不計其數地為作
者迸發的激情、噴湧的才情、超常的敏銳、細膩的洞
察、難得的幽默、精到的語言而讚歎不已，甚至熱淚盈
眶，因而頗有信心地認為，這本書的出版將不僅能為教
授和學習舞蹈管理的專業人士提供海量的「How」（實
用指南），而且還能為所有識漢字的舞蹈發燒友提供不
少圈內的祕密，並在不經意中告訴大家：要把舞蹈這個
「身-心-靈」三位一體的行當做好，我們需要「四肢與
頭腦同步發達」的專業人才！

　　對於本書的另一位作者李艾倩，我也很想隆重地推薦給大家！不過，我以為，最好的推薦方式，莫過於請諸位細品她寫的「作者序二」了，其遣詞造句的精準和入木三分的本事可與陳蒨蒨媲美，而她對三類職業舞者的生動描述，以及對自我認識的坦言，更是令我忍俊不止，甚至瞠目結舌：「首先我沒有芭蕾舞人的巴掌臉，我沒有中國舞蹈舞者筋開腰軟的無骨功，現代舞的世界不是我追求的目標」，並由此順理成章地交代了她為了繼續愛舞而走向舞蹈行政，或稱幕後工作的原因。

　　實話實說，我從這兩位台灣作者的自序中，清楚地看到了台灣舞蹈教育對於受教育者個性發展與直抒胸臆能力培養的成功；我願借此機會，向親愛的台灣同行們表示衷心的祝賀！

　　行文至此，我欣喜地得知，已有大陸學子從台灣獲得舞蹈博士學位後歸來，繼而又有大陸學子開始在寶島攻讀博士學位！因此，我滿心歡喜地期待，在未來的歲月裡，將有更多的兩岸學子頻繁走動，相互學習，取長補短，爭取為全人類的舞蹈發展做出中國人應有的貢獻！

中國藝術研究院舞蹈研究所所長、研究員、博士後流動站合作導師
2017年12月22日於北京

推薦序二

　　近年來各類表演藝術活動蓬勃發展，表演場館陸續新增，藝文環境也充滿著活力，越來越多個人或團隊競相在表演藝術領域貢獻所長。以往舞蹈系畢業生的出路多以舞者、編舞者、舞蹈教師等為主，近來更增加了藝術行政工作者的選項。本系有鑒於此，除多次開設藝術行政領域課程提供學生修習外，並經常邀請業界藝術行政、公關、行銷、法律等專業人士進行經驗傳承之講座；對於有志於藝術行政經營的學子們受益匪淺。

　　為了讓更多人對表演藝術行政實務有更深入的了解，本系兩位優秀校友陳蒨蒨及李艾倩共同攜手完成「舞蹈管理和製作的理論與實踐」的撰寫；陳蒨蒨為北京師範大學傳媒學院舞蹈系講師，李艾倩在中國文化大學藝術學院舞蹈學系擔任行政職務近20年，兩人對於輔導學生演出的行政執行，以及藝術管理等相關經驗豐富；本書是一份學習筆記，兩位作者將藝術行政管理視為一項創作，期盼利用本身對表演藝術的理解並結合既有經驗作為問題解決的基石。文章中的一些提示單，是輔助讀者們了解行政管理執行時的「小竅門」，而這些

「竅門」也正是藝術管理的精髓所在。兩位作者毫無保留的提供了許多寶貴的實務經驗，相信本書能啓迪讀者對於藝術管理的探究興趣，同時對策劃表演活動遇到困境的學子們，亦能洞悉解決的方向。

伍曼麗

中國文化大學舞蹈學系主任

推薦序三
為不務正業的同事寫序

　　沒有嘗試過給人寫序，但是基於對同事的尊重應允了這件事，才開始看這本書。看標題以為是一本將企業管理概念套用到舞蹈教育上的書，事實上現在有大量我稱之為「概念販子」的一系列書，從心理學、身心學、人類學、經濟等等領域嫁接到舞蹈的生硬冷澀理論，除了彰顯作者莫測高深之外，其餘就是閱讀的尷尬。然而一讀再讀，讀出另一個陳蒨蒨。蒨蒨老師是我們學院唯一的台籍，師從呂藝生老師（碩士）、歐建平老師（博士），可以說是名門高徒，她也是舞蹈系第一個引進的舞蹈學博士，在眾多特殊的學術「光環」籠罩下，她並沒有按照歐老師規定目標做起西方舞蹈理論研究，也沒有繼承呂老師基礎舞蹈教育衣缽，而是做起舞蹈行政管理。

　　看似不務正業，作為她的系主任，我也不太清楚舞蹈與行政之間的距離如何銜接。事實上，多年的系主任管理經驗並沒有給我帶來什麼快感，相反時時被行政、被管理所累，因此，也就放手成全。一來是為了自己

可以偷懶，二來是覺得也許這是蓓蓓老師從台灣帶過來
的課程，可以借鑒學習。時隔幾年，到台灣走訪幾所大
學竟發現都沒有這類課程內容，才發現上了蓓蓓的當，
她是將自己的舞蹈行政理念在北師大舞蹈系做了一個實
驗。一年又一年過去，我非但沒有解脫，反而被她催促
做了各種國際會議及各種展演，疲於應對，兩鬢見白，
心中悄悄懊惱這位「不務正業」的台灣同事。

　　然而，事實是北師大舞蹈系這幾年略有聲色，頻頻
在媒體和國際舞台上亮相，學生的自主意識與舞蹈系整
體運行良好互動，在這本書中的案例可以看到如何激發
學生的自我管理意識以及參與到整體舞蹈系的行政管理
運作之中，案例鮮活，歷歷在目。我漸漸明白舞蹈行政
管理的要義不在於系主任或院首長擁有多大權力或是多
大能力，舞蹈管理也不是一門坐在教室裡娓娓道來的空
談，而是一種激發以學生為主體，教師為主導的管理運
行機制。以上百場的活動案例出發，我漸漸理解為什麼
蓓蓓老師永遠在課堂、練功房、劇場以及學院的各個角
落神出鬼沒。

　　這本書的每一個字都是在她們和學生每一分每一秒
的相處、對峙、妥協、激辯、失望、征服、喜悅的輪迴
中凝結而成。在書中我看到「舞蹈周邊」這個概念，營

造好「舞蹈周邊」才有「舞蹈中心」在整個舞蹈教育轉型的今天，周邊素質的優劣往往直接影響舞台中心。我們不缺像紐瑞耶夫這樣的大明星，但我們缺少如狄亞格列夫這樣運營明星的管理者。舞蹈是一個大學科體系，以表演、教育、創作三位一體的傳統模式需要做一些改變，行政管理、市場運營這些「周邊」課程要從大學就扎根在學生舞者們的腦子裡，了解和熟悉舞蹈產業的全過程，有了「舞蹈周邊」意識，才有可能站在整體產業鏈的頂端。

在舞蹈這個大學科之中，行政管理是一件「吃力而不討好」的工作，績效評估、職稱晉升、學校評優都不會以某位教師的管理能力優越而重視，也不會以學生的能力得到最大鍛鍊而嘉獎，那些真正的管理部門所制定的表格中，永遠沒有這些選項。作為一位博士，放棄傳統意義上的學術探究而扎根於學生基層，作為台籍教師放棄了熟悉生活環境扎根於他鄉，默默做著這些「吃力又不討好」的事情，這是什麼精神？這是何種境界？我想正是北師大校訓所言「學為人師，行為世範」。為人師的標準絕不在表格上，而在於為學生的「世範」之中。作為她的系主任，我支持這樣「不務正業」的老師，作為她的同事，我佩服她的勇氣和擔當。推薦這

本書給同學們，因爲它是眞實可信的；推薦這本書給同
行，因爲它是即時有效的。

肖向榮

北京師範大學藝術與傳媒學院副院長、舞蹈系主任

2017年10月，北京

作者序一

　　我不想在這本書裡跟大家談教育的弘大目標，也不會拿那些空洞的理論來給大家解釋舞蹈管理在這個學科體系中多麼地任重道遠，那些想法太虛，我們還很年輕，不想背著道統的包袱爬行。在這個資訊來不及消化的時代，我想跟與我有相同目標的朋友們分享一些經驗，一些關於舞蹈展演製作的實際經驗。

　　我的朋友們大多是學生，或是剛開始從事舞蹈管理、行政工作的同行，相對於紙上談兵的理論，他們更需要的是先行經驗的分享和探討，於是我開始構思這本書的框架，怎麼去寫這麼一本書，一本不再只是學術論文註腳中會出現的書目，而是一本真正能幫助人實踐舞蹈展演製作，一本讓人讀得下去並感到受用於實際操作的書。

　　5歲開始亂跳舞，11歲開始接受系統化的專業舞蹈訓練，我從小就喜歡舞蹈，我的技術技巧也很好（自己覺得），但因為我熱衷生活、酷愛美食，所以現實的舞台並沒有給我太多機會，我在一個舞者最精華的20歲出頭便告別了舞台。

　　經歷了多年的翻騰與掙扎，我終於成為一名舞蹈教師……一名舞蹈理論教師。我發現很多學生和我當年一樣，因為各種主動或被動的因素，選擇與被選擇，不知從何時開始便無法停下與舞台漸行漸遠的步履，最終不得不與舞蹈背道而馳。

　　我是一名理論教師，所幸至今為止尚未加入舞蹈教育圈子中的紛爭……那場究竟是以實踐為主還是以理論至上的論戰。沒什麼可爭執的，若是缺乏大量的實踐作為基礎，一切理論都是空談，特別是舞蹈管理這種應用性質較高的科目。在舞蹈管理的課程中，我始終堅持，就讀舞蹈系的學生是一定要上台表演的！對著教科書劃重點的管理課，那背誦的都是別人的經驗，不一定適用於每一個大學、每一個班級的情況，只有透過自身實踐經驗的積累，消化成自己的管理方法，那才是真正學到了什麼。對自我的反省和提煉，是管理中很重要的一種思維。

　　跟學生們一起做舞蹈演出，有時候學生會跟我說：「我跳得不好，不想丟臉……。」「我想等我的作品成熟一點……。」或是「最近比較忙，想等不忙的時候再來專心做演出……」，試問，好與不好，成熟與不成熟的界定在哪裡？況且事實已不證自明，永遠都不會有

「不忙」的時候。只要有心要登台，大幕升起的那一刻，還有多餘心思去惦記那些顧慮嗎？喜歡舞蹈的人都可以上台，舞台將要留下的不是技藝高超的人，而是對舞蹈有誠摯熱愛的人，還有那些充滿熱情義無反顧的瞬間！

中國的菁英式專業教育培育出了無數優秀的演員，但大家都知道，一次舞蹈展演的製作，光有演員是不行的，幕後人員跟舞蹈明星一樣重要。從行政管理的角度來看，舞蹈表演本身是最單純的執行部分，儘管它將獲得最多的掌聲……而這是身為行政管理人員，從一開始就要有所覺悟的事……在黑暗中確保一切流程的萬無一失，卻沒有掌聲。

正常情況下一個90分鐘的展演，可能花費比它時長達1500倍（3個月）或者更長的時間去做前期準備，前期工作所耗費的人力更不用說了，撰寫企劃書、資金籌措、宣傳、公關……等繁瑣的業務，這些都是單純的學生或演員難以釐清和勝任的事務。然而客觀地說，這些令人頭大的瑣事並不難，只要規劃得當，按部就班，哪怕你是從來沒接觸過演出策劃的菜鳥，也能跟那些專業的團體站在一樣的起跑點上。

　　本書以綜合大學舞蹈系學生演出製作爲主題，從舞蹈管理（課程）的視角，討論一些實際的情況與實用的方法，舞蹈管理目前在學界有許多別稱，按（課程）側重點不同，有舞蹈行政、舞蹈文化產業、舞蹈劇場實踐……等等，但無論採用哪一個名稱，其關注重點都是聚焦在舞蹈從無到有，從台下到台上，台前幕後的工作內容。

　　書中文字跟大家分享的是一些我與學生們的經驗，舞蹈展演、舞蹈公演、舞蹈表演、舞蹈演出是幾個近義詞，爲了行文之便利可以相互替換，沒有其他特殊的語義指向。如果可以的話，希望我的文字可以幫助到那些對舞台存在著夢想的人，舞台是自己創造的！沒有夠不夠好，只有願不願意堅持。

　　共勉～

2017年7月，北京

作者序二

早年熱愛跳舞，但傳統的鄉下家庭認為跳舞不能成就什麼，用處不大。鄉下人理解的跳舞大概就是廟會中所跳的脫衣舞，跳舞也賺不了錢是無法謀生的職業。此時感謝我的貴人（隔壁國小老師）花了很長時間不斷的說服我爸媽，說服的理由不外乎；舞蹈的小孩很有氣質，舞蹈的出路可以當幼稚園的老師等等，直到14歲後有了機會進入正式的舞蹈學校，這個機會得來不易而沉浸在舞蹈中的我以為最終能成為一位站在舞台上跳舞的職業舞者。

但是舞台上的現實與殘酷無法改變自身條件的不足，我沒有芭蕾人的巴掌臉，我沒有中國舞蹈舞者筋開腰軟的無骨功，現代舞的世界不是我追求的目標。我開始徬徨、無助，如果不能站在舞台上，那我還能做什麼？在機緣巧合下，我由幕前轉成幕後，開始了我的舞蹈行政生涯至今。

工作的生涯中發現每一個具有豐富經驗的專業工作者都有一套屬於自身的工作邏輯和哲學。筆者長期在大學內協助系、所學生從事舞蹈展演及行政相關工作，並

有數年的大型表演活動籌劃經驗。因此想藉由以上經驗與大家分享其成果與想法。但想要成為一位有能力的舞蹈（藝術）行政者可不是那麼簡單的，並不是坐在辦公室打打文件或接接電話就能完成。所需要的基本能力必定不可少：

1. 藝術知識（專業舞蹈領域學識、非領域常識、學習力）
2. 表演領域之技術（藝術或表演處理能力、舞台、電腦等技術能力）
3. 敏銳度（外在環境和未來趨勢、務實力）
4. 真誠與熱情（把每一件工作當作一個事業、包容所有與自己意見不同之人、事）
5. 領導統馭（組織能力、協調調度力、團隊精神）
6. 表達力（口語溝通、書寫能力、說服力）
7. 使命感（責任感、控管能力、意志力）
8. 企劃／節目規劃（創造性、彈性和可行性評估）
9. 財務管理（財務控管、分析）

　　而這些能力雖然不是天生就有，卻都需要後天的練習與經驗累積。為了未來更多已無法繼續站在聚光燈下的舞者們，也沒有從事教職機會的你們，開出另外一扇窗，我與陳蒨蒨博士將展開我們的「舞蹈管理和製作的

理論與實踐」之旅，請所有的乘客繫上安全帶，我們將
開始我們的行程。出發！

李艾倩

2017年8月，台北

目
錄

下篇　舞蹈管理相關論文收錄

上篇

實用基礎概念與方法

　　不知道幾歲開始就跟著同學買票看演出，舞台上的世界，如夢似幻。那是一個彷彿竭盡畢生之力也無法到達的世界。童年時期的我，好像一直在不斷不斷地奔跑，有如執念降咒了一般，即使追趕著光陰，也無法快轉進入那個完結篇。長大後才發現，最美的片段是不曾定格在回憶裡追逐著的自己，那種赤子般的相信，是我們成年後儘管不願意承認，卻再也無法保持的那份初心。

　　這個圈子裡有很多愛舞蹈的人，他們會跳舞，所以他們愛跳舞，他們的生活裡充滿了各種以舞蹈為名的事件，他們透過舞蹈的經驗構建了屬於自己的世界觀；然而這個圈子裡還有一些不是那麼擅長跳舞的人，他們也愛舞蹈，他們圍繞著舞蹈做了一堆「非關舞蹈」的雜事，冒著「褻瀆高尚」的罪名，將舞蹈演出製作訂製成了流水線，雖然尚未造成批量生產的惡行，但令觀眾們成為消費者的事實，已令他們被冠上「販賣藝術品」的褻瀆之名，他們，就是懷揣著對藝術的熱愛，默默從事著舞蹈工作的管理人員。

　　從事舞蹈管理工作的人，他們與舞蹈演員辛勤練功所付出的心力是一樣的程度，很多時候他們在做的工作只是填滿，一絲不苟地填滿一場展演，從初創朦朧階段到問世輿論時期之間的方方面面，然而這當中如果沒有透過「填

滿」來銜接舞蹈與觀眾之間的聯繫，再完美的藝術品也終將面臨曲高和寡的慘澹收場。這些「填滿」工作大致上分成三種，一是行政會議，二是資訊傳遞，三是財務管理。這些名目上與舞蹈創作無關的事情，常被歸為誰都能做的打雜工作，但這些工作真的如大家所說的，「是人就能做嗎？」答案是必然是否定的。

　　舞蹈管理跟一般藝術管理有什麼不同呢？看看發燒友們對音樂家的痴迷追捧，再看看拍賣廳裡對中外美術品的天價搶購……這樣的情況，在舞蹈界除了狄亞格列夫時期曾經彷彿迄及過，後來就再也沒聽說了。所以舞蹈管理的難度並不在與舞蹈的特性對抗，而是管理者如何面對舞蹈這種即時性、唯一性的特點並與之共存。與「沒譜」的舞蹈家共事，成為一個音樂、舞蹈、包裝、宣傳什麼都懂、很講究的超級打雜人士，這些舞蹈管理工作，真不是什麼人都能幹的。

Tips 1.

「藝術管理」怎麼解釋？平時都在做些什麼？

藝術管理（Art Mangement）

指在藝術與社會大眾之間的管理中介，迄今，藝術管理還尚未有明確的定義。根據賴瑛瑛在《當代藝術管理》一書中，提及狹義的藝術管理可以是藝術活動管理的技能；廣義的範疇則是與文化藝術相關的政策、機制、法規、辦法、實務案例及理論探討的統稱。

舞蹈行政（Dance Administration）

是行政與管理兩件事情加在一起，廣義上來說是把對外公部門（如：對外部補助單位或公家單位）、私部門（如對系上或校內單位），以及第三部門等單位、團體、組織中的計畫、決策、協調、人事、庶務等管理活動，通

稱為行政。透過行政策略，將舞蹈與藝術表演實踐與推廣具體化，達到形象建立和行銷的目的，這即是舞蹈行政。這些行政的人員針對舞蹈演出進行內容規劃、行銷策略（包括：宣傳、公關、贊助）等通路的開發。

　　而舞蹈行政工作者在演出前有以下幾點的工作需執行：1.企畫案撰寫。2.經費編列與控管。3.對私人團體或公部門接洽或進行公文往來。4.演出節目資料整合。5.一般日常工作流程（場地借用、海報、節目單設計、節目宣傳或發新聞稿等）。6.工作性質規劃（文書宣傳任務編排等等）。這些都還不含編舞者及舞者那些臨時的「go idea」。我想有些人懂的。

Q1. 舞蹈大學生為什麼要 自己做演出？

你有想過除了跳舞你還能做什麼嗎？

舞蹈系畢業的學生進入社會後將如何與人競爭呢？

　　只有「個別」學生上台表演的舞蹈教育是存在缺陷的，因為我們培養的不是「舞匠」，特別是在綜合型大學裡面。學生對老師來說是流水的兵，幾百個總能有一兩個可以納入「愛徒」名單，然而大學教育的目的是什麼？舞蹈的大學教育不應該是為某位大師培養「傳人」，而應集眾家之長，培養為整個舞蹈界，乃至為社會服務的人（歐建平，2016）。舞蹈的社會功能是什麼？舞蹈將如何使它的社會功能作用於社會之中？這往往不是那些「個別優異」的學生們可以單肩扛起的沉重任務。

　　學生為什麼要自己做演出呢？首先要明確一下對象，我們這裡談的是舞蹈系學生，並非是一般有舞蹈專長的文理科學生，而接下來在這本書裡面我們將要討論的主要事件，則是大專院校裡面選擇修舞蹈管理課程的學生們，他們將用什麼樣的方式，認識舞蹈管理所關注的內容。

　　這些舞蹈系的大學生有什麼特質呢？我們難以斷言學舞蹈的學生都能為舞痴狂，但在大學四年中，舞蹈表演將會是舞蹈系學生最重視的事情之一。然而我覺得，只是把一支舞蹈跳好，單純掌握了作為一名舞者的技術技能，對於一個舞蹈系學生來說是遠遠不夠的，更別說學生們畢業後如何將所學投入社會了。

　　近年學界開始強調對非專業領域進行舞蹈的「素質教育」，我覺得這對以舞蹈為專業的學生來說是一個陷阱，彷彿學舞的學生就能擁有比較良好的「素質」一樣……其實不然。素質的養成一部分仰賴於生活環境的潛移默化，但大部分的素質卻須透過意識推動，刻意使之強化而進行培養。舞蹈的素質不單單是舞蹈表演能力的養成，而是包含鑑賞、管理在內的一系列舞蹈「周邊能力」，而舞蹈演出的製作過程，實際上就是這些綜合能力養成的路徑之一。

　　現代大學課程的設置基本已將傳統藝術教育的菁英理念逐步推翻，為什麼我們鼓勵學生做自己的舞蹈展演，而不是僅僅在由教師組織的展演中做個好演員呢？試想，只有「表演技能」的人才，過了學生時期的青春輝煌年代，他／她與舞台的關係，就剩下倒數計時了……而一個舞蹈要在觀眾面前呈現，除了「表演」之外的其他技能，都是可以經年累月不斷疊加的。

　　很多學舞蹈的大學生以「愛跳舞」為名義，懷抱著各種理想的抱負，覺得只要把舞跳好即可，對其他瑣事一概置之不理。試問，在這樣一種「把舞跳好就好」的心態下，你們是否真正能夠滿足於封閉的課堂中享受舞蹈本身，而不是舞台上的輝煌呢？是否即便在幾十人的舞蹈

中，做一位群舞演員亦能甘之如飴？如果是，你便應即刻
闔上此書，回到練功房去沉浸於舞蹈之中；不是的話，學
會去做那些「舞蹈之外」的事情（那些事情便是「舞蹈管
理」的範疇），在學生時期完成一場自己的舞蹈演出，將
會是你「愛跳舞」最好的證明和紀念。

Tips 2.

藝術管理相關科系於兩岸高校紛紛建立

　　當今社會有很多企業除了專業領域的人才外也希望擁有跨界背景的人才，以提升企業的形象，尤其是具有藝術管理相關背景的人，因此念藝術管理也變成一門很熱門的科系。

　　藝術管理最早於1970年成立於紐約，台灣近年因各地表演藝術館場的增加，藝術管理人才的需求倍增，大學中加倍設立藝術管理相關系所。中國也隨著經濟飛躍地發展，對於大型世界性活動的重視與蓬勃發展，而對藝術行政管理開始重視，紛紛成立藝術管理系所，提供大家作為進修或學習的參考。以下為兩岸三地成立藝術行政相關之校系，供大家參考：

大陸

A. 上海音樂學院藝術管理系；

B. 中國人民大學國際學院／藝術品管理碩士；

C. 中國音樂學院藝術管理系；

D. 北京舞蹈學院藝術傳播系；

E. 中央音樂學院音樂學系／音樂藝術管理專業；

F. 廣州星海音樂院藝術管理系；

內地學校眾多，尚無法全部收錄。

台灣

A. 台北藝術大學藝術行政與管理研究所；

B. 元智大學藝術與設計學系-藝術管理碩士班；

C. 台灣藝術大學藝術管理與文化政策研究所；

D. 東華大學藝術創意產業學系；

E. 台灣師範大學表演藝術研究所-行銷及產業組／美術研究所理論碩士-美術教育與美術行政組；

F. 高雄樹德科技大學藝術管理與藝術經紀系；

G. 真理大學音樂應用系-行政管理組；

台灣大專院校中，部分藝術行政相關系所經整併後，並未在此表列。

香港

A.香港教育學院藝術管理及文化企業行政人員文學碩士；

B.香港中文大學文化及宗教研究系-文化管理碩士；

C.香港演藝學院舞台及製作藝術碩士；

D.香港浸會大學視覺藝術院-視覺藝術碩士（藝術行政）。

Q2. 舞蹈大學生為什麼要學管理？

爲什麼要用管理的思維去做舞蹈演出？

選擇使用管理的方法有什麼優勢？

什麼是舞蹈管理？

　　舞蹈學生爲什麼要學管理呢？當我們的老師還是學生的時候，他們並沒有上過管理課，也沒聽過什麼藝術管理，依然能夠完成許多藝術經典，那爲何現在的我們要學管理呢？⋯⋯這種說法有個無法自圓其說的漏洞，思考一下，現代人爲什麼要用Wi-Fi？當我們的父母還是大學生的時候，他們都不知道什麼叫網路，還不是大學畢業了，那爲什麼現在的我們無「網」寸步難行呢？用一個通俗又簡單的說法同時解答這兩組問題：「時代，帶來了今時不同往日的生活方式。」

　　時代改變了很多東西，我們的「生活方式」便是其中一種。管理是時代進程中提煉出來的一種處事模式，它不僅用在與績效有關的公司行政作業中，同時也是實踐個人自我規劃的一種思路和行爲方法。

　　舞蹈大學生爲什麼要懂管理呢？首先我們要了解什麼是舞蹈管理？用通俗的話來說，舞蹈管理所關注的是「如何把舞蹈作品帶到觀衆的面前」這一件事，而這件事情裡面包含了幾個方面的思考：

創作什麼樣的舞蹈作品？
如何包裝及製作舞蹈作品？
如何使觀衆進場觀賞舞蹈作品？

　　也就是說，舞蹈系的學生如果想要上台演出，想要完成一場舞蹈演出的製作，管理是可供選擇的實現模式。不使用管理的方法能做出一場展演嗎？當然可以，管理只是執行方法的一種，它是可以被主觀選擇的。

　　大學生選擇使用管理的方法來做舞蹈展演有什麼優勢呢？在此可以用幾個藝術管理的特點來說明：

一、管理帶你果斷的邁出第一步

　　每次製作舞蹈演出的第一個工作會議，同學們經常不知道從何說起，無處下手。大學生舞蹈展演的事務處理，就像群龍無首的班級一樣，若能使用管理的方法，將可以從現有的框架中，獲得一個展演該有的基礎分工。後面文字中我們將提到排練、宣傳、公關、財務……等不同工作內容的組別。

　　不知從何說起的第一個工作會議，我們經常要做的就是分工，在一種分工模式的基礎上，各個工作組自然會產生負責人，這些負責人如果不是小組成員裡有關能力較強（如思維活躍、文字寫作與口頭表達能力較好、有鮮明審美觀點）的人，就是比較善於溝通的人，因為在展演製作的執行過程中，各小組完成作業的實踐能力與溝通協調能力是可以相互補充的。也就是說，小組負責人若是自己

沒有足夠能力完成工作實踐部分的操作，那麼他就需要使用較好的溝通能力，使組內其他成員能完成有關任務，往下到成員們如何實踐，至於他們是靠自己的能力完成或動用人脈的支持，那就不是小組負責人需要過多干涉的細節了。

　　管理作業的基礎是分工，分工的模式需考量不同的事務內容，以職能的形式讓不知從何開始的舞蹈管理工作先按圖索驥、填滿職缺，而後在這個基礎上釋放潛能，完成工作。

二、管理讓你學會判斷事情的輕重緩急

　　除了創作與排練，在展演製作的其他事務方面，舞蹈大學生們難免表現出雜亂無章的狀態，而且還經常有忙了半天不知道在忙什麼的情況。為什麼呢？有兩個主要因素，一是對待與舞蹈展演製作相關事務的態度沒有被確立，二是判斷事態輕重緩急的能力沒有被強化。

　　舉例來說，身兼創作者與行政人員雙重身分的同學們，總會有作品編不完（或編不好）的焦慮，在這種焦慮之中，他們無暇顧及其他事務的處理也是情有可原的。不過從另外一個角度來說，作品是永遠編不完（好）的，為什麼不能花相對較少的時間，先處理其他事務，再去專心

創作呢？這就是上面提到的「態度」和「能力」問題。

　　管理是一系列嚴格「照表辦事」的過程，只要執行人員按部就班一步一步地跟著時間表去做，走完整個展演製作的流程就只剩下時間問題了；細部環節偶爾會出現延遲的情況，也能透過溝通，將事務的先後順序合理調換，但若有其中一個組的工作無故停滯，也未即時採取溝通和應變方案，時間表原先建立完善的作業流程遭到破壞，就會造成製作進度上陷入癱瘓。

　　經驗較少的管理者容易以「眼前之事」為重，缺乏理性判斷和靈活應變的能力，反而將需要較長時間處理，或事實上相對緊迫的任務耽擱以致堆積，才會造成效率低下，忙了半天什麼都沒做好的狀況。而管理實際上是使用一種慣有的作業節奏，在潛移默化中使你養成以大局為重（目的性明確），有依據地判斷事態緩急的能力。眼前的事情雖然重要，但不一定是急不可待的。

　　拿創作來做比喻，假設還有一個月不到的時間就要公演，作品沒編完與宣傳沒到位，在無法同步進行的狀態中何者需先行處理？這個問題著實難以抉擇，但從完成展演製作的終極目標來看，宣傳作業線涉及了美編設計、短片、資訊推送等作業內容，若在時間上有大幅度拖延，

製票、售票的進度也將受到干擾，然後直接影響到票房以及觀眾對演出團體的第一印象；另外一方面，創作進度失常可能影響服裝、舞美以及劇場燈光合成，這一部分的工作內容繁瑣程度不亞於宣傳，然而所涉及人員多為內部人員，若無法按照規劃的進度推動，將其壓縮在合理的時間內提高效率去創作，完成創作的機率還是很高的（不得不說，有許多創作在壓縮的時間內完成得更好）。

　　上面這種情況，有經驗的管理者通常可以判斷出哪一件事情更為重要，或說更能有效率的處理。判斷的依據，首先是工作時間表的任務規劃，其次是個人的執行經驗，然後才是團隊成員的性格與能力問題。這裡我們便可以回答一開始的問題——舞蹈大學生做演出，為什麼需要學管理呢？實際上，我們所學習的管理，有一部分的內容就是讓我們學會如何判斷事情的輕重緩急。

三、管理讓你發現你可以做的其實更多

　　舞蹈演出從無到有的製作過程，除了創作之外還包含了許多其他性質的作業內容，**創作**、**製作**、**銷售**是其中缺一不可的三個環節；管理更多時候是在幫助舞蹈大學生推動後面兩個平時比較不熟悉的步驟，同時也透過這種執行作業的過程，讓學生們從台前到幕後，徹底了解「做一場

舞蹈演出」會發生的各種瑣碎事件與情況。

　　以推出舞蹈作品為目的的管理工作，可以激發出我們各種「周邊潛能」，像是設計宣傳品（平面設計的能力）、影像處理（拍攝舞蹈照片與修圖的能力）、製圖繪表（靈活使用電腦基礎軟體的能力）、公關宣傳（以不同期待為目標的溝通協調能力）……等等，這些都是完成一場舞蹈演出所需涉及的事務。

　　經常可以發現大學生從展演製作的過程中逐漸找到自信，這種自信來源於一種知識能力的獲得，以及獨立完成某項作業的成就感，這種感覺在嚴酷的舞蹈訓練中很少獲得滿足，或者說多數的人比較難共同得到滿足。從這個角度來看，管理工作雖然繁瑣，但其實並不難，可以說，幾乎所有的工作內容都能夠建立在經驗和人脈的基礎上完成，只要輔以妥善的溝通方式，大多都能使參與其中的執行人員，獲得與工作量幾乎成正比的滿足感。會有人抬槓的問：「這種滿足感多了也是浮雲，有什麼用呢？」良好完成任務的滿足感確實沒有什麼作用，那只是一種個人的感覺而已，但滿足感來源於自信，這自信的依據則是各種能力的嫻熟運用，人盡其才、物盡其用的適切效果。

　　如此說來，學習管理其實是有意識提升各種能力熟

練度的過程，這些能力不如舞蹈技能那般帶有明確地專業性，而是一般事務的處理能力（一般事務指的是任何專業均需以此為基礎的行政作業範疇），這些能力的養成雖然未作用於舞蹈專業的深造，卻是鞏固舞蹈展演製作的基石。更長遠地來看，把握這些能力，將與學生未來所從事職業的工作內容不謀而合（目前大部分學生就業仍以舞蹈相關的教學或表演作為目標），所以管理不是讓你學會「管理這件事」而已，而是讓你知道——愛舞蹈的人除了跳舞之外，你能為舞蹈做的其實還有很多，使舞蹈大學生之所長跳脫表演的單一範疇，使舞蹈作品創作、製作、銷售一體化的目標得以實現，用最少的人力，造就最大的可能。

四、管理有凝聚團隊的作用

舞蹈展演從無到有的每一個步驟皆存在分工，但分工的目的不是各司其職，而在於齊心協力。於分工的基礎上，舞蹈展演的管理作業在組和組之間是環環相扣，牽一髮而動全身的。在良好的工作狀態下，不難發現你的工作完成受到很多人的協助，而你所完成的工作，同樣成為推動整體不可缺乏的一部分。

透過管理方法的使用，舞蹈展演製作的過程常使大

學生們培養出一種「患難情誼」，共同完成一件「大事」的感覺對平淡的大學生活而言是一次很棒的經歷，團隊成員對管理的概念、方法、能力跟著循序漸進的節奏共同成長，在幾個核心人物的帶領下，原本孤軍奮戰的個人將能凝聚成群星閃耀的團隊。

凝聚力是管理很重要的一個特點，它不單單是工作任務上的合作概念，所有工作均能在客觀條件允許的情況下逐一完成，但團隊成員間以大局為重的行為意識，發自內心彼此體諒、相互幫忙之情誼的養成，這才是所謂的凝聚。凝聚的力量使原本各自為政的人心能有一共同所向，為了這個共同所向恪盡職責完成每一個環節的作業，這便是管理所賦予個人的光芒，每一個螺絲釘都很重要，並且一樣重要！

會有一種情況是：在教師分配工作讓學生們完成的作業方式中，非但沒有使大家凝聚起來，反而使班級同學分裂成各種相互排斥的小團體，那是為什麼呢？要知道，在大學生舞蹈演出製作中，管理是所有人以溝通為前提的「共事」模式（包括教師的參與），雖存在總監、組長等主事者，但差別在其職能之不同，彼此之間並沒有誰必須聽誰的，或是誰比誰高貴的權力身分關係。而上述缺乏溝通的單向命令形式，並不是現代管理所推崇的方法，這兩

種情況不在一個語境內，因此不適合相提並論。

　　所以學習管理的意義究竟是什麼呢？除了各種能力的提升之外，透過對整個管理結構的認識，且合宜、巧妙地使用管理方法，將能大大提高整個團隊的工作效率，升溫整個工作過程的積極氛圍，這個時候主事者對待管理的態度格外重要，是僅用管理的框架完成工作任務？還是堅持管理的思想完善人事關係？兩者之間還是存在差異的。

　　傳統管理方法只管事（工作）不管人（心），而現代的管理一直在強調「方法」，簡單來說就是在將心比心的前提下，以人盡其才爲基礎，儘量去做到分工明確、勞逸結合、賞罰分明，如此而已，沒有再多深奧的公式了。把握這個基本理念，才能談得上以人爲本，也才有機會集眾家之所長，凝聚群星而形成一個眞正的管理團隊，使每一個人在其作業環節中發揮自身的萬丈光芒。

5. 管理幫你將所做的事情儲蓄下來

　　相對於舞台表演稍縱即逝、舞蹈技能不進則退的特性，舞蹈管理所付出的每一分努力都可能轉化成其他形式而被保留下來。比方說人脈，縱使任務完成後短時間內不需要人脈的支援，但經營得當之人脈將能以友誼的形式成爲一種儲蓄，等待機會來臨，繼續發揮它的作用。

　　凡走過必留下痕跡，這句話很適用於管理工作的總結。有過一次舞蹈演出製作的經歷，同學們常常驚覺自己能做的原來那麼多，以前寫個企劃案彷彿江郎才盡一般，現在若遇情況需要，寫個案子便是信手拈來的事；以前做個表格要讓老師退回修改無數次，現在反倒是老師麻煩他幫忙一起做；以前若要寫個總結就頭暈噁心、心情煩，現在一開始動筆就發現能記能寫的多如牛毛，反而不知如何取捨……這就是我們一直在說的「能力」養成。

　　大學生舞蹈展演製作中，管理工作所包含的內容，除了舞蹈創作與美術設計方面，很多部分的能力培養，均可廣泛使用到將來的就業領域，哪怕未來從事的工作與舞蹈無關，也會受用無窮。管理工作最大的特點與挑戰，是無論積累了多少經驗，每一次都要重新做起（當然有了經驗後處理事情的心態會不一樣），因此熟悉管理作業的人，如果他們具有足夠身體力行的經驗，那麼肯定是基本能力優異的執行者，這些能力有時候我們將它們概括為行政能力，而學習管理便是在不斷重複執行的過程中，儲備這些基礎（行政）能力。

Tips 3.

關於「管理」的小想法

　　關於本書中所提到的所有舞蹈相關行政事務均以「管理」一詞稱呼，其原因可於秦夢群教授主編之《學校行政》一書中指出「管理與行政兩者的差異來自於流派典型的轉移，傳統行政偏重於推廣業務與完成事務的靜態運作模式。現在的管理則偏向彈性、延伸性與合作性的動態操作運用，目的在能迅速適應組織所處的環境變遷，並能與之一起成長。」學校內所發展之舞蹈展演都取決於一個是否能從中學習到相關專業及一起成長這件事情，這才是舞蹈演出實踐最終目的。

但又是否足夠 滿足成長？

Tips 4.

「藝術行政」與一般的行政有什麼不同？

　　藝術行政廣義上含括創作以外的所有事務，也就是說從一般的文書事務工作到掌握市場脈動的行銷等，皆屬於藝術行政的範疇，另外還需具備一定藝術領域相關知識。因此藝術行政與一般公司行號的行政，性質並不一樣。不同之處，在於工作內容不僅複雜且多樣外，最吸引人的地方是能實踐理想，「主動性」和積極「參與度」的追求，也是藝術行政人追求的基本期望及方向。畢竟藝術行政的樂趣及吸引人的地方就是在藝術中工作，工作中有藝術。當然藝術行政不能只流於空殼化，更需要精細分工及經驗移植，這就是本書想要傳達的目的與想法。

Q3. 大學生製作舞蹈演出有哪些類型？

大學生將參與的舞蹈演出有哪幾種？

不同演出類型的訴求為何？

那些由職業舞團或舞蹈個體在劇院舉辦的舞蹈演出，哪怕是票房慘澹也帶有強烈的商業性質，他們的團隊大多分工明確，並且由各種專業人士所組成。

這本書裡面跟大家聊的，並不是那種盈利性的商業舞蹈演出，而是由學校（主要是綜合性大學）舞蹈系學生所組織的舞蹈匯演，這種演出的作業團隊不外乎教師與學生，專業單一，但分工一樣明確、多元，每個人都可能身兼數職。雖然沒有商業經營的沉重包袱，但是在校園活動與專業教學的兩大前提之下，各類相關舞蹈演出不僅僅是教學成果的考核，整個展演製作的過程與執行的成果，小處會牽涉到學生的成績考核，而從長遠的眼光看來，大處將影響到學校（院）的整體形象，因此每一個細節都會受到眾目睽睽的關注。

在大學校園裡，常見的舞蹈演出有幾種類型：

第一種是官方組織的院系課程匯報

課程匯報型的展演以課程之結構與組織為基礎，這種舞蹈展演簡稱「匯報」。低年級的學生根據需求，可酌情加入演出隊伍。匯報著重於課程結構之合理性與技術技巧的呈現，藝術創造力的要求相對沒那麼嚴苛。因為台上人數較多，所以演出秩序的調動與如何讓每個演員（學生）

能夠極致的發揮，是這一類型展演在執行上比較關鍵的要點。

　　這種類型的舞蹈演出，觀衆多由親友與同行組成，面對這樣的群體，院系管理在展演中如何滲透式體現是很關鍵的，這包括每個演員在舞台上的時間，所呈現的節目類型、編排順序、節目單的製作、報幕或主持，乃至觀衆入場後所感受到的一切：帶位、座位安排、是否有配樂、影片（對於該班級或課程的介紹）等等。

第二種是以創作爲訴求的院系舞蹈公演

　　這種在院系基礎上所組織的舞蹈公演，以創作爲主要目標，作品的藝術訴求和社會效應，將在很大程度上直接影響院系對內的風格導向以及對外的品牌形象。這一類型的演出在高校中多由教師來創作與主導，演員陣容自院系中高年級的學生裡精挑細選（有時候也會有個別大一的學生加入演出），一般1～2年舉辦一次，是高校舞蹈演出中最受矚目的重要活動。

　　這一類型的展演，官方形象之塑造與維護尤爲重要，觀衆成分除了親友團、姐妹院校到場觀摩的同行之外，業界專家之蒞臨往往會令院系負責人與老師、學生們異常興奮、緊張。這種類型的舞蹈演出，過程中的專業細節與流

暢度格外重要，舞蹈演員與管理行政人員最好能夠分開作業，避免一人分飾二角，如此才能較好的確保整個舞蹈展演的演出品質及其後期的回饋追蹤。

第三種是學生自主自籌的創作型展演

學生自籌的展演通常更具創意性，學生們平時無法獲得滿足的表現欲望，都會在這個時候得到抒發。這種類型的展演，受限於不同地區、學校的政策、資源與管理制度，並不常見於大陸大部分的舞蹈高校中，然而這一種由學生自主自籌所完成的舞蹈演出，經常可以成為一個學校（院系）的風格特點，該類型舞蹈展演能夠較好地呈現出高校舞蹈教育的成果，使學生表演、創作、管理的能力在一次活動中獲得綜合體現。

學生在自主自籌的舞蹈展演中，一邊是藝術家一邊是管理者，身兼多職，腦力消耗會比體力消耗多得多，從策劃、創作、宣傳、銷售等等一系列的管理過程，都是由他們自己一手包辦，具有很大的趣味和挑戰性，這本書裡跟大家分享的，就是這種學生自主自籌舞蹈展演在執行過程中的製作經驗與管理方式。

除了常規的舞蹈展演製作流程外，後台管理在學生自籌展演中是很有難度的，演員在這種演出中對待上台

表演的情緒會呈現兩種情況，一種是躍躍欲試而興奮不已的心情，一種是敷衍了事又暗自期待的心情，但是他們面對「自己的舞蹈」那種緊張感是一樣的，「意外」的發生已經被默認為「正常」情況。所謂的「意外」，輕微的常有妝容過重、聒噪嘈雜、丟頭飾、忘道具等，而比較嚴重的時候則會有記錯上台順序、上下場的時候碰撞、意外磕絆、受傷等。所以組織這類型的展演，如果沒有一個專業的舞台監督予以輔導，提前對工作人員的培訓是非常重要的，尤其是後台的工作人員，他們往往在巨大的壓力下，負擔著比較繁雜而瑣碎的任務，整個演出的過程對大學生的專注力而言，不失為一種專業劇場工作的試煉。

Q4. 舞蹈演出製作該如何分工？

製作舞蹈演出要分為哪些工作組？
每個小組該從何處開展他們的作業呢？

　　分工是一門學問，特別是在大學生舞蹈演出的製作工作中。每個班級總有名義上為靈魂人物，實則為倒楣鬼的積極份子，他們如果不是一個負責任的人，那麼他們一定是個不懂得拒絕的爛好人，所以每次在任務分配時，如何不使忙的忙死、閒的閒死，除了分配任務的能力外，管理者還要在執行期間不厭其煩的溝通調解，以達到有效分工的作業能力，所以在談及小組的分工之前，首先我們要明確管理者的素質問題。

　　管理者不是將任務分配下去就算「盡職」了，作為一個大學生舞蹈展演的管理者（通常是教師），常以「策劃」、「監製」或「導演」的頭銜冠在工作人員清單的中上層（通常不是最上層，最上層多為主要出資方以及學校帶有行政管理職權的人），他們的職權不在執行，而是基礎資源之供給，以及掌握了整個舞蹈展演的生殺大權。

　　帶頭組織執行工作的人，無論他喜歡被稱作導演還是策劃，我們習慣稱之為「管理者」，因為「管理」二字，似乎更符合他在這個團隊中所負責的作業範疇。使命感和責任感，是作為一名舞蹈管理者最基本的素質，教師帶領學生們籌備舞蹈展演，如果教師管理者沒有使命感的話，這個工作便很難長久支撐下去。

許多教師的通病，就是把任務分配給了學生，然後兀自當上甩手掌櫃，對執行的過程不聞不問、逕自等待成果，這對管理工作來說是一個巨大的傷害，因為這樣不僅會使學生對管理工作產生了錯誤的認識，還會造成一種惡性循環，使每個環節被迫獨立運作，而失去了分工作業最重要的合作需求。所以同時作為一名管理者的教師，責任感是很重要的，而這個責任感不是你將扛下多大的風險，而是表現在你對每個分工環節的扣合，發揮了多少促進的作用。觀察、聆聽、溝通和收拾爛攤子的危機處理能力，對一個帶有教育職責的管理者而言，絕對是至關重要的。

在執行的最上層，管理者首先要掌握可用資源的占有比例以及預估學生的資源潛力（不同學生之間的情況都不一樣），然後引導學生去調動這些可用的資源。大學生舞蹈展演製作有一個特點，就是他們對資源的認知和應用，通常按照年級由低至高，（以班級為單位）呈現一種單一曲線上升的狀態，且較少有網路式的交叉資源。

安排分工的時候，應從學生的資源方面考慮，而後再進行分組。除了「藝術總監」和「行政總監」，一般可將其他人劃為排練、宣傳、公關、票務、總務／財務等小組，規定每組人數後，讓同學們採自願或相互舉薦的方式為彼此歸隊，使之進入工作範疇。

可以行學生有良有至过这個环節

舞蹈大學生們常常不知道自己該做什麼或能做什麼，所以在一開始工作的時候，教師會花費比較多的時間去解說每一組的作業內容，而在整個舞蹈演出的製作過程中，除了協助落實每一組的工作、強化每個小組之間的關聯性，如何使整個團隊能夠環環相扣、緊密合作，卻是更難的任務。幾個工作小組的作業任務分別說明如下：

排練組

排練組是幾個小組裡面工作比較單純的，他們的工作內容首先是協調演員，其次是場地分配。

如果一個班級是30個人，我們將之規劃為10個節目（實際情況可以按需調整），2個獨舞／雙人舞，2個12人以上的群舞，其他6個舞蹈的人數在3～9個人之間，10個作品除了現當代舞之外，還要有芭蕾舞、民間舞、古典舞等舞種（有時候學生們還會加入街舞、爵士之類的流行舞）。

看起來是個很容易達到的標準，但是仔細想想，綜合大學的舞蹈系，往往一個班裡擅長表演的人最高比率約占三分之一（弱），這些人通常會成為多數節目的主要舞者，所以控制這些「菁英份子」的參演量是排練組協調人員的第一步。通常我傾向於將每一個人的節目參演量控

制在整個節目的一半以下，也就是說，如果有10個舞蹈的話，每個人最多跳4個節目，一來確保他們有充足的體力去完成排練和演出，二來將機會留給其他三分之二的同學，使之有餘力去觀摩他人，因為觀摩也是舞蹈演出製作過程中很重要的學習。

　　場地分配的巧妙之處在於清晰和靈活，清晰指的是讓每一個舞蹈小組的參與者能夠簡單明瞭的知道時間地點（學會做表格是一件很重要的事），靈活說的是必須要有可調適性，場地大小與人員數量是否合適？排練時間長短是否適應於舞蹈時長等等。

　　排練組還有一個職責就是請編舞者提供基本燈光及舞者路線圖，在此可見如下範例：

舞台燈光走位表 —— 舞台燈光區位分布圖（範例）

舞名：_____　　編舞者：_____　　舞者人數：____人

請在 □ 內打 ✔

1.□ 定場人數 _____ 人

2.□ 道具定場

3.□ 不定場

4.□ 音樂燈光同時走

5.□ 音樂先走／燈光____秒後再走

6.□ 燈光先走／音樂____秒後再走

7.□ Ending是馬上暗燈

8.□ Ending是漸漸暗燈____秒

9.□ 其他需求

A.□ 定點燈　請圈選以下數字

定點燈：_____

B.□ 斜線燈

右→左（　　）　　左→右（　　）

Tips 5.

劇場裡面舞蹈較常使用的燈光具（中英文對照）

- ✓ 天幕燈（Cyclorama），可稱爲cyc
- ✓ 側燈（Side-Lights）
- ✓ 聚光燈
    ①佛式聚光燈（Fresnel）
    ②橢圓形反光聚光燈（Leko）或叫Par64，內地叫筒燈
    ③追蹤聚光燈（Follow Spot）
- ✓ 雕花投影片（GOBO）的使用
- ✓ 地排燈（Ground low）
- ✓ 電腦燈、LED燈

Tips 6.

劇場裡面各種不同作用的布幕名稱

- ✓ 幕又稱大幕（Curtains）
- ✓ 沿幕又稱橫幕（Border）
- ✓ 翼幕（Wings or legs or tab curtain）
- ✓ 天幕（Cyclorama）多為白色、淡藍色布。
- ✓ 背景幕（Drop）是指一塊布幕，上面繪成各種背景圖案。
- ✓ 防火幕（Fire Curtain or Asbestos）是劇場安全要求必須的，緊貼於舞台鏡框後懸掛，當它放下可將舞台鏡框完全封閉。

宣傳組

宣傳組的工作簡單來說分成三個部分：一是設計製作，二是資訊發布，三是顧客把握。

設計與製作宣傳品，對舞蹈系學生來說具有一些挑戰性，特別是在技術層面上。除了土法煉鋼自學美編APP的使用外，所幸綜合性大學舞蹈系多隸屬於「藝術學院」麾下，學生們可由公共選修課程中，與美術設計相關的同學有所切磋，彼此幫助，在設計製作的過程，舞蹈表演的創意與美術設計的專業技能一經整合，過程或有許多磨合，但跨界的合作最終能達到不錯的效果，相得益彰。這樣交叉專業的合作契機，不僅可以達到拓展人脈的功效（使學生感受到人脈積累的重要性），同時還能提高溝通能力和跨藝術的鑑賞力，無論是在藝術教育或人格養成方面，都是一舉兩得的佳話。

社交軟體使各種資訊的傳遞變得無往不利，自媒體的時代叫每一個人都有機會在轉瞬之間，即刻華麗登場成為公眾人物，然而在資訊碎片中，如何不被「拒絕來往」或「自動屏蔽」，是我們在資訊發布作業上最關心的話題。你有想過什麼樣的帖子會被直接跳過？什麼形式的發布會被多看一眼嗎？這些問題許多人在參與宣傳工作之前，從

來沒有費心思量過，唯有經歷幾次石沉大海的廣告作業後，才將意識到其中深諳的訣竅和規律。

　　哪些帖子最受「回收站」的歡迎呢？當之無愧的「禍首」必然是純文字帖。純文字帖缺乏視覺吸引力不說，耗費的精力相對較多，還容易出現錯字、語病等錯誤，在這個「有圖有眞相」的時代，人們的閱讀首先受到圖像（非文字內容）的吸引和誘導，而後才是對字裡行間的細細解讀。試想，你是否也曾受到圖像／圖片的先入爲主，對受宣傳之物件（藝術品或商品）展開主觀判斷，進而影響你的消費意願呢？答案是肯定的。所以在資訊發布的動作上，一定要掌握觀眾／消費者對資訊接收的愛好和習慣，不同管道使用不同的形式，對藝術品或商品展開不同面向的展示，也就是所謂的「包裝」。至於「包裝」這個行爲是不是會影響藝術品或商品的品質呢？這又是另外一個話題了。

　　宣傳作業中還有一個環節的思考很重要，那就是顧客群體的把握。自媒體時代，因爲宣傳成本降低，很多人會採用「廣撒網」的方式來做推廣，其實這種方式並不明智。實際上「廣撒網」的宣傳形式非常消耗人力，工作人員們將花費更多的時間去對「不適合的群眾」進行有關資訊的回覆。應該考慮的是，在「有效宣傳」的背景下，有

限的觀眾席位應該留給「更適合」的人。哪些人屬於「更合適」的人呢？這又將取決於演出的性質與實際需要。

　　短線型演出的考慮可能簡單一些，親友（包含官方支持者）會有較多的保留席位，其次是買票進場的粉絲群，另外還會有一些贊助商或媒體之類的。演員陣容只有這次沒有下次的短線型演出，在大學舞蹈展演的類型裡，以班級或不超過班級爲演出單位的都屬於這種。這種性質的演出，重視過程而不以盈利或績效爲目的，比起藝術理念的傳達，他們更重視觀眾和演員間的互動關係，所以「合適的」人群此時應以「情感基礎」爲首要考慮。

　　其次在大學裡還有一種演出是以系／學院爲單位，每年一次或兩次（根據學校情況不同，演出週期會有所差異），透過考察甄選或其他遴選方式集中相應人員，演出系裡教師新創作或具有代表性的作品，這一類的演出密度較低，但頻率相對固定，可算是長線型演出。學校的長線型演出跟職業舞團不同，職業舞團在經濟壓力的背景下，透過演出強化團體自身的品牌形象，擴大品牌保護傘的範圍和作用；學校屬於事業單位，票房的銷售可能是最後才關注的重點，但上座率的壓力不小於職業舞團。無論採用賣票、送票的方式，同行能否到場並給予相應評價，是這類演出負責人嘴上不說但心裡卻牽掛萬分的附加環節。所

以這裡「合適的」人群，除了廣大藝術愛好者之外，能夠產生共鳴、與演出單位有「對話潛力」的同行或相關研究人員，在此可能會獲得更加謹慎的接待。

公關組

學生自籌組織的舞蹈演出中，公關作業常常是最令人望而卻步的，公關組的工作目標是什麼呢？簡單來說就是維護公共形象以及獲得贊助。當學生還在「自籌」展演階段的時候，比較難考慮到維護公共形象的重要性，這一部分的公關工作在大學中通常是教師的責任範疇，所以這裡我們主要來談談有關公關贊助的話題。

贊助，說白了就是如何「向外取得資源交換」。兩個重點需要被認識：「向外」和「資源交換」。向外很重要，最失敗的公關就是跟自己的父母親友討贊助，而這是很常被重蹈的覆轍。大學生舞蹈演出公關工作的意義在哪裡呢？我認為除了強化溝通能力、建構人脈系統外，最重要的還有對資源潛力的認識，也就是說，透過公關工作的練習，大學生將對不同對象進行可能贊助的潛力評估，這樣的評估行為有助於判斷能力的完善，對將來就業後各類工作的執行能力，都有一定的提高。

剛開始談贊助的時候，吃幾頓閉門羹是在所難免的。

我們都怕被拒絕，為自己預設了無數困難，避免可能被拒絕的窘境，殊不知失敗為成功之母，被拒絕的原因一旦被克服了，往往會變成下次洽談成功的關鍵因素，比方說，企劃案做得不好。對大學生來說，企劃案做得不好不代表企劃不好，而是缺乏好的文案寫作能力。課堂上怎麼教都教不會的企劃撰寫功夫，學生們被拒絕幾次之後總能無師自通，這種社會教育的功效，自然是舞蹈管理這個應用型理論課堂不可忽略的優勢。

我們對贊助的理解往往有點狹隘，當然，對方能夠給予經濟支援是最理想的結果，但是換個角度來說，贊助單位更傾向於提供物資或以協同（將兩個單位或事件捆綁在一起共同宣傳，達到1+1>2的推廣效果）、名譽贊助的方式來為我們提供支援。我常常問學生們：「你們想請商家贊助，但是你們能給人家什麼呢？」這是一個很實際的換位思考，贊助不是等同價值的物資交換，但是提出需求的一方能為贊助者做出何種類型、何種程度的投資回報，會是這一贊助成功與否的關鍵，從主觀角度來說，溝通與談判的技巧，此刻是有機會左右雙方供需之必然性的。

有一種必敗的開場白很值得被提醒：「您好，你想贊助我們的演出嗎？」聽到這樣的問候語，無論我口袋裡有沒有錢，無需思索我都會回答：「沒興趣。」大學生的可

愛之處就在於這樣的單純又直接，然可悲之處也在於這樣
的直接又單純。

　　贊助單位少有事業機關（事業機關傾向名譽贊助的形
式），一般都是商家，所以接洽時賣萌耍寶無濟於事，在
商言商自是無可厚非的。是否進行贊助？他們首先評估的
是對方的「影響力」（宣傳覆蓋面），因此明確或如何強
化自身的影響力，是每個贊助洽談者必須胸有成竹的先決
條件，然後才是其他形式的回饋；負責洽談贊助的人員對
整體活動的認識與解釋，將成為我們在每一次贊助博弈局
中的底牌。

　　讓贊助者覺得他們單方面的「被需要」，也是不明
智的對話情境。公關贊助中的「需要」應該是雙向的，也
就是說，你情我願的交換某種資源，是贊助合作的前提。
死皮賴臉地求取贊助支持，只是眾多方法的一種……比較
不理想的一種。所謂的不理想說的不是尊嚴問題，而是這
種單向的需求關係難以長久，只有讓合作關係成為長線形
式，公關工作才能獲得真正實質上的意義。

Tips 7.

公關、票務與行銷

　　公關、票務的另一個責任在於行銷，行銷你的節目，行銷你們的形象。有了這些觀眾才能對你們有更深的印象，進而開發贊助商與新觀眾群。關於行銷有很多方式，但我們可以運用4C的消費者角度來進行行銷，更為有利。4C為4P的核心能力。

　　行銷4P是指：產品（product）、價格（price）、通路（place）、促銷（promotion）。

　　行銷4C是指：

1. 顧客的需求與欲望（Customer's Needs and Wants）：觀眾或贊助商對「產品」的生產是為了滿足「顧客的需求與欲望」。

　　例如：如何的將本節目中的芭蕾（現代舞、中國

舞等）節目介紹給熱愛觀賞這些節目的觀眾們，滿足他們對此節目的需求與欲望，而願意走入劇院中來欣賞演出。

2. 顧客的成本（Cost to Customer）：如果是售票型的演出，「票價」訂定應考量顧客的成本。

3. 便利性（Convenience）：「演出地點」的交通便利性或對此是否具有「購票」服務的便利性。

4. 溝通（Communication）：目的是為了與觀眾及贊助商達到共識，藉著「溝通」達到互惠的目的。

票務組

　　如果你以為票務工作就是賣票而已，那你就太看輕票務組小成員的強大潛力了。票務工作是多項能力的總和，按照時間線的順序，相關人員從策劃初期的場地勘察便著手啓動票務作業，緊接著票價分區規劃、票面形象設計，而後進入門票的諮詢、販賣，以及取票換票的「戰亂」階段，最後還有財務移交的手續，都不是一蹴而就的輕鬆任務。當然，有人會說：「按照從前的成功案例照抄一次不就好了嗎？」試問，僅僅只是翻版重來，就算方針一樣，遇到的情況會一樣嗎？不同的主題、不同的工作團隊，能夠創造出一樣的契機和潛力嗎？

　　對大學生來說，每一場展演的演出就如同他們的青春，僅此一次絕不重來，而票務組是工作的各組中，率先與廣大觀眾直接接觸的人員，所以他們總能釋放超乎以往的熱情和意想不到的潛能（特別是人際交往方面），必須要強調的是，在帶著學生經歷了無數展演製作的過程中，票務工作人員在危機處理方面的情商，著實是非常令人印象深刻的。

Tips 8.

票務

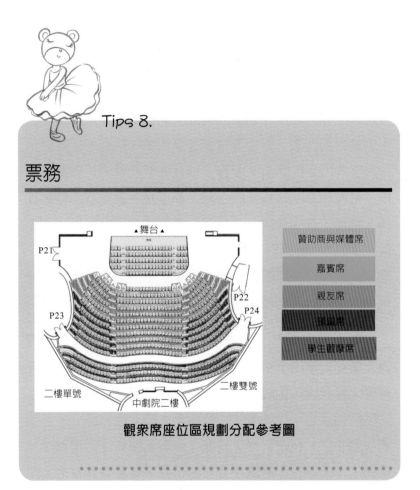

觀眾席座位區規劃分配參考圖

　　按照上段的提示，票務工作的負責人員除了要會賣票之外，還要具備策劃宣傳、人脈維繫、危機處理等等能力，如何在一個小組中完美地整合這些能力呢？我們只要預設一個問題：「票賣不出去怎麼辦？」用這個核心的語境討論所有問題，一切路徑彷彿就能柳暗花明了。

　　票賣不出去怎麼辦呢？這個問題通常會在兩種考慮方式之中被處理，一是時間充裕的情況下，二是迫在眉睫的危機中。

　　在尚有時間規劃售票方案的時候，如何「賣得漂亮」會是比「這些票一共能賣出多少錢」更重要的思考。要知道，大部分的表演藝術團體，都不是靠售票養活的（商業演出型團體除外）。曾經有人對台灣的舞團做過關於收入的統計，分析結果顯示，即使是票房聲譽最好的職業舞團，售票總額也僅占其收入的7%，可見盈利其實只是售票的多種訴求之一而已。

　　當我們在考慮如何「賣得漂亮」的時候，我們其實是試著去營造一種舒適的交易氛圍和觀演環境，售票和進劇場看演出是藝術品與觀眾雙向選擇的一個過程，觀眾「是否買票進場」呢？除了受到作品品質的影響之外，許多「非藝術」考量也經常成為干擾因素，比如說劇場是否有

停車位？與誰同行觀演？穿什麼衣服合適？天候狀況是否適合外出……等等，我們該同時關注的是，賣票這件事情除了收錢、給票之外，應該還要包含某些「售後服務」，畢竟藝術品不是商品，「票」也不是僅僅為觀眾備上一席座椅就足夠了，與顧客直接接觸的票務人員，他們最理想的狀態，是可以跟每一個觀眾／顧客成為朋友，遇有困惑為其解答，遭遇麻煩助其排憂，說白了一點，就是要不厭其煩地悉心回覆一切相關諮詢，如果有退換票的情況發生時，最忌拖三阻四愛搭不理，應用積極友善的態度為其處理相關手續。讀到這裡，如果你問我，「現在都是電腦售票電腦答疑了，寫個程式即可，哪裡還要這麼多的麻煩？」那我會給你兩個回答，一是你打客服電話的時候從來不會用到人工總機服務嗎？二是如果大學生自籌舞蹈展演的細節，可以那麼「職業」的話，那大學老師們都可以直接升格當經紀人了。

另外一種情況是，臨開演前仍有大半餘的票壓在手裡（距離演出時間少於7天），那就不得不換一種邏輯來思考問題了。這時候要再想把票「賣完」，難度相對較高，此刻「上座率」是比銷售額更重要的事。降價促銷、打包購買是比較通俗的手法，但是這些方式亦能在一秒之內，把劇場中即將揭幕的藝術作品變成像是超市裡的滯銷

商品，即使品質再好，在顧客心中也有了難以磨滅的「缺陷」。通常我比較鼓勵另外幾種處理方式，像是加大宣傳力度，更改宣傳策略（加入公益的理念之類的），製造熱銷假像，以及教學合作（跟相似性質的院校以觀摩性質提高票房）等等。這些方式雖然不能從主觀上提高利潤，但是客觀來說，卻能使原本票券滯銷的危機變成轉機，改變甚至優化演出團體的形象，獲得意外的共鳴與評價。

　　票務組須有自己的志工團隊，志工團隊的責任是協助票務同學在演出時，所交辦的前台工作。前台工作的志工需知道票券的情況，如售出多少票券，剩餘多少？多少人當日會在現場取票？有哪些是貴賓的票？演出當日劇場的規定？當日場外是否可以張貼演出海報？演出場內可以獻花嗎？是否需要代收給演出者們的禮物？表演場內可否飲食？招待貴賓進入他的座位，節目單發售，是否有問券需要給觀眾填寫？……等等事項。同時，票務組負責人需設計取票動線，多少人負責貴賓票券？多少人負責一般寄票？志工們可以先將票券放入信封中按姓氏拼音詳列在一張紙上，並將編號寫於票券信封上，作為演出當日尋找入場券的方法。哪些人為貴賓帶位？哪些人協助指示座位分區？哪些人負責收取鮮花與禮物？並且協助在花束、禮物上貼上收禮人的名字，用以快速分辨多少人負責節目單的

發售或放送？演出結束後由誰回收問卷……等工作，這些事項都需要票務組人員在演出前三天跟志工提前溝通，讓志工們能順利協助演出當日的前台情況。

總務／財務組

　　總務的概念比較寬泛，有時候我們會用「後勤」來理解它，但總務的概念又比後勤稍廣，可以說後勤的作業內容，是包含在總務的作業範疇之中的。說起來很簡單的總務工作，有時候卻是一場演出成功與否的癥結之處。

　　實質中總務與財務的工作是密不可分的，其工作內容可簡單概括為：

　　1.紀錄收款（票務款、自籌款、贊助款）。

　　2.紀錄付款（道具、服裝、便當、住宿、燈光、攝影等等人和需要付錢的項目）。

　　3.經費結案。

　　一個良好的總務／財務體制是，帳目費用需存入公款帳號中，出帳時必須經由兩位以上同學審核，避免不必要的支出。指導老師須協助帳目的管理，避免學生因經驗不足而造成帳目不清的狀況。

　　票務款項的訂定可以按演出性質來制定，學生型的演

出或學校性質的演出，觀眾多為學生族群，因此在票價的制訂上，須考量一個大家負擔得起並願意支持演出的範圍中，如觀眾群大多來源於上班族，票價就可以考慮市場規律而有所提高。

既然有了票務款、贊助款、補助款，那麼就可以將這些經費按需使用在服裝製作或設計、道具製作與購買、特殊燈光的租借、電腦天幕布景的設計與運用、記者招待會或發布會的交通與禮品報銷，餐飲、茶水、住宿、交通費用等等項目中，於是便有了所謂「採購」的行為。

如何良好地完成採購工作？舉例來說，在預定便當這件事情上很考驗總務人員的採購能力，準確核定人數才不會量造成浪費或不足。訂購前須詳細確認用餐人員的飲食習慣，哪些人不吃何種肉類？哪些人對海鮮過敏？有幾人素食等，工作人員多少名？志工多少名？舞者、到場老師幾位？場館工作人有幾人需要便當……等等，這些細節均需詢問與記錄，才能把便當採購這件小事做好。至於為何要記錄這些小細節呢？若遇原採購負責人出現突發狀況，這個工作才能無縫接軌地進行下去。

負責總務／財務的同學必須有責任心及使命感，所有的支出必須有單據方得核銷，單據開立須確實，抬頭給哪

個單位，有無統一編號（納稅人識別號），購買物品是否確實等，需核實過後才能付費，避免不必要的爭議。

結項時需依當初規劃預計動支（事先為某項支出所申請的費用額度）的項目結案，超出原預計動支的項目費用才可用自籌款補上。負責總務／財務是一項吃力不討好的工作，必須對數字有概念也要有正義感，不能有人情偏頗才是一位好總務。

我想強調的是，一個舞蹈演出的成功與否，台上台下的管理雖然著重點不同，但是一樣能夠左右整個觀演的品質，都有牽一髮而動全身的影響效果，所以你能說總務只是打雜嗎？那這個打雜的功夫實在是太至關重要了。

Tips 9.

總務／財務組參考用表格

收支預算總表			
項目	金額	百分比	說明
收入			
單位補助			
企業贊助			
個人捐款			
基金利息			
門票預估收入			
文創紀念品收入			
其他			
收入金額合計		100%	
支出			
人事費			
事務費			
業務費			
維護費			
旅運費			
材料費			
設備費			
其他			
支出金額合計		100 %	
收支損益情形			

Tips 10.

給工作團隊的提醒

共同的目標才是合作的基礎

　　經常有些人抱怨與人共事很難，溝通很難、合作很難，別人總是不明白他所説的事情，也不願意配合他的工作，殊不知明確的規定與共同的目標才是合作之基礎，那些常常令我們感到「無力」的人，有時候並不是他們不懂你，而是與你的目標不一致或者組織沒有落實執行的績效、賞罰制度，因此在開展合作工作之前，一定要先明確整個團隊的規定與目標，要知道──合作不是與生俱來的，而是人為促成的。

征服人心為平級管理的制勝思維

　　大學生舞蹈作品的排練，編舞家跟舞者之間也屬於平行管理的關係。經常遇到排練遲到或曠排的情況，這時候

規章制度即使擺在眼前，通常也起不了太大的作用，因為平行的人事之間，沒有誰能夠真正把誰「怎麼樣」，我們只能說這些條例是防君子不防小人的（此處並非影射不遵守規矩的就是「小人」，是說在規矩面前，他們經常表現出鬆散、無視的隨意狀態），規矩實際上只能制約「守規矩的人」，對於性格瀟灑的舞蹈家們來說，他們或許不在乎所謂的懲處，要罰錢就交錢，要取消演出資格便索性離場，管理者又能拿他們怎麼辦呢？因此適當的征服人心，往往會使平行管理的工作更加事半功倍。

Q5. 藝術總監和行政總監 是做什麼的？

藝術總監與行政總監誰高誰低？
藝術總監該如何管理舞蹈創作者們呢？

　　我們談過了幾個不同的小組，他們各自是一個獨立的作業環節，然而一個舞蹈演出要能成型，這些環節需要被「扣」起來，所以在這些小組工作之上，應當有個負責掌管的職務，我們稱之為「總監」。

　　「總監」這個名詞對台灣學生而言並不陌生，在大陸有時候會用「統籌」來簡述這個角色的職務。我喜歡用總監這個說法，因為我覺得「監管」概念的認知，對這個崗位的人來說尤為重要，「監管」不是干涉，更不是利用權勢強制使人聽命於我。

　　總監（director）一般為某項領域的第一監管人，他承擔著對團體具有影響力或關係全域的工作事務。按照不同職能，總監的職務定義存在著本質上的區別，比較好理解的像是財務總監、人力資源總監等。大學生舞蹈展演多屬非營利性質，人員安排較之企業而言沒有那麼多的選擇，人事關係也比較簡單，因此在監管的分工上，我們僅需簡單分為掌管台上事務的「藝術總監」，和統領台下事務的「行政總監」。哪一邊的職權更大呢？我認為無分大小、互相理解、相互牽制著推動整個活動的進程，是這兩塊工作能夠齊頭並進的良性作業態度。

藝術總監

　　藝術總監掌管的台上事務包括那些呢？按時間發生順序來說，籌劃階段從確立展演主題的方向、節目數量和風格的把控、排練進度和品質的檢審，以及節目初排（未定節目排序）和總排的組織；劇場合成階段，大學生舞蹈展演的藝術總監需承擔「導演」的工作，導演工作需要較高的審美判斷能力和專注力，大至舞台燈光的總體設計和使用，小至要能敏銳地把控音樂音量、回聲以及連結時間，這些都不是臨時抱佛腳所能求來的背誦式答案，而需汲取於日積月累的觀察與實踐經驗之中，是真正的「創意生產」過程。至於什麼是創意生產，那就是另一個主題的探討了。

　　藝術總監寥寥數行的任務看似單純，然而作為監管人，他工作最大難度其實不是「如何做出一場別出心裁的展演」，而是「如何更有效地對節目的品質進行控管」，如何在「不干涉」的前提下對各個節目的製作進行管理，這是有別於一些職業舞團總監即編導的工作條件。大學生舞蹈展演的管理模式屬於「平行管理」，沒有誰在義務上需要服從誰的說法，因此這個時候藝術總監要使每一個作品盡可能的接近自己預期所想，其中溝通與轉化的能力（自我轉化和引導轉化），是比一切都重要的基礎技能

了。

　　會遇到一些什麼情況呢？舉個小例子：常有的是作為編舞者的同學們喜歡拖延（雖然他們不是故意的），總監既不能幫他創作，又不能跟他說「再不編好就把你的節目刪了」，那怎麼處理合適呢？這時候我們可以思考一下如何「轉化」？轉化其實是一種將思考付諸行動的能力，每個人都有自己的創意思維，也有自己處理事務的習慣，但並不是每個人都能把自己腦子裡的東西「夢想成真」。編舞者「卡住了」通常不是因為沒有想法，而是無法轉化使之成為現實，藝術總監能怎麼協助其轉化呢？施壓是一種手段，然而我認為「溝通」是更好的方法，與其說溝通，不如說是傾聽（帶有問題意識的引導式傾聽）。

　　帶有邏輯的理性表達是每位總監必備的基礎能力，然而大家時常忽略了傾聽的重要性。在管理作業中，主事者往往急於傳達資訊，而忽略了很多細節，這些細節或許與成果無關，但是對團隊合作的管理卻是至關重要，傾聽可以讓「卡住了」的編舞者從言說的過程中，對自己的思路逐步抽絲剝繭，繼而走出困境；在心理感受上，傾聽的過程會讓每一位編舞者感到「我們是重要並且缺一不可的」，這種感覺在團隊合作中非常重要，常有學生編舞者／工作成員覺得自己（或自己的作品）可有可無，這便

是總監／管理者的失職，也是這個工作團隊從核心腐壞的必敗因素。

行政總監

　　一場舞蹈演出的完成需要聚合許多非關舞蹈的事務，而統籌這些事務的關鍵人物即為行政總監。「行政」是什麼呢？網友們對行政作業的內容常以「打雜」定義之，我覺得這是對行政工作缺乏理解，也是對行政人員缺乏尊重的一種態度。以學校為例，如果一個學校有很多很多老師跟很多很多學生，卻沒有那些行政人員，那麼老師還能成為老師，學生還能成為學生嗎？答案絕對是否定的。回到舞蹈上，如果一場展演只有舞蹈作品和觀眾，那它有可能順利公演嗎？答案依然是否定的。

　　隸屬藝術範疇中的舞蹈行政究竟是什麼呢？簡單來說，在展演中的舞蹈行政，就是整合相關之人、事、財、物等各方面工作，為其做妥善而適當的處理，使舞蹈編導和演員能夠專心一意投入到作品的創作和製作之中，進一步達成順利公演的共同目標。諸多行政工作並非只是片段活動的組合，而是動態與連續的歷程[1]。

---

[1]　秦夢群主編。學校行政。台北：五南出版，2007-9：7。

　　行政總監需要自己「動手做」的事情不多，但是他需協調的作業細節相當繁瑣，這個崗位的難度就是我們上面說的，把每一個單一獨立的作業環節「扣起來」，使他們成為一個作業鏈，完成所謂「創作、製作、銷售」[2]一條龍的作業模式。藝術總監與行政總監，彷彿舞蹈管理的「表」和「裡」，「表」指的是舞蹈作品在台上呈現的部分，「裡」說的是為了使舞蹈演出能夠呈現在觀眾面前所做的一切幕後工作。我們常說的「幕後英雄」說的不是別人，就是這些由行政總監所領導的各個工作組的成員們，每一位、每一個環節，缺一不可。

　　精確是行政總監完成任務的唯一道路，他的作業內容有幾條線，第一是從劇場到票務，二是從企劃到宣傳，三是從作品到觀眾。

　　第一條線，從選擇劇場、預定劇場，繼而確定公演時間，然後才有可能根據每個不同的劇場狀況，連結票務組與總務組做收支估算。售票肯定是入不敷出的，此刻總監必須同時啟動公關作業，盡可能地運用公關的力量，填補團隊的資金缺口，同時打造公演活動的影響力。

---

[2] 森下雄信著。寶塚的經營美學。台北：經濟新潮社出版，2016-7：245。

　　企劃書的撰寫工作非行政總監莫屬，但大學生往往認識不到撰寫企劃的重要性。簡單來說，一個好的企劃能讓舞蹈展演的製作流程更加準確，同時贊助商也將透過企劃書所提供的資訊，判斷是否提出支援。這種「紙上談兵」的企劃能力看似與舞蹈藝術相距千里，事實上卻是表演活動的起步依據與資金流入之樞紐，也是使整個舞蹈演出製作能夠按部就班，而後水到渠成的關鍵之鑰。

　　從企劃到宣傳，是行政總監要串聯的第二條工作線。企劃將決定宣傳的整體走向，其中包括宣傳的風格、方式和信息量。職業舞團所推出的舞蹈，其宣傳靈感可直接來源於作品，因為多數時候他們只有一個或幾個藝術家在創作，且作品（的構思）先行於企劃。但大學生舞蹈展演的企劃往往早於舞蹈作品的成型，所以企劃中的「預見性」就變得很重要，有時候它甚至會在潛移默化中，干預到團隊中舞蹈編導們的創作思路。

　　行政總監要羅織的第三條線，是從作品的催生到觀眾的回饋。如果你覺得以保質保量為目標的藝術總監能兼顧到行政規劃按部就班的進程，那麼你的藝術總監可能會面臨巨大的壓力，並非他們不願意，而是真的不容易。藝術總監在大學生舞蹈展演中執行任務的難度，有時候會比職業舞團來得周折，因為他不單單要以身作則管理好自己

（的舞蹈），還要管理與自己同窗的同學編導們。同儕之間若遇作品需要改動的時候，舞蹈家遍尋不著靈感時的拖延是沒有時間盡頭的，此刻行政總監需向精益求精的藝術總監發出現實的通牒，二者形成一種相互制衡的關係。

　　舞蹈管理以藝術總監為主的作業模式其實帶有一些誤區，或者我們說得更直接一點，表演製作不該縱容藝術總監的「無時間底線追求完美的任性」。在一個舞蹈團體（或舞蹈演出的計畫）還沒有生成管理概念時，常常先構思的是作品，而後在行政的製作過程中，也是以作品為核心在推動著，然而這便意味著主導權的傾向嗎？這個問題可以從兩個立場去考量——站在舞蹈審美的視角，藝術總監有至高無上的話語權，不過站在舞蹈管理的角度來看，二者需要高密度的相互配合與尊重。如果藝術總監（及其旗下編導）在製作舞蹈作品的時候無法按照日程表上作業，該彩排的時候還沒創作完成，該合成的時候還在修改，什麼都不按計畫走，隨心而至，那樣設立行政總監的職務又有何用？

　　有人會產生疑慮：「編導不滿意的作品也要強迫人家演出嗎？」我將選擇用另一個疑問去對應這個問題：「觀眾已經坐在劇場席位上了，我們能不開演嗎？」對大學生舞蹈展演的行政總監而言，完成我們上面所說一、二條線

的任務並不難，難的是在行政工作上如何與藝術總監取得共識——相互理解並默契配合的共識，這個很重要。舞蹈管理關注的是，如何透過藝術總監和行政總監的配合，將好的作品帶到觀眾的面前，使觀眾經歷一次舒適的觀演經驗。如果這時候依然把思考重心傾注在「如何做出好的作品」上，那這個答案在本書裡面你是找不到了。

　　每次在帶著學生做展演的過程中，我會默默地希望藝術總監與創作者們能夠做到「適可而止的精益求精」，即使我始終沒有找到立場對著學生們提出這樣的要求（因為我更希望學生能夠自己發現這個問題），我也會在每一場展演結束後的檢討會議，提示大家去思考這一類的問題。

　　從作品的生成到獲得觀眾的回饋，這是一個相對單純並水到渠成的進程，只要舞蹈創作成型，宣傳素材便能逐步完成，緊接著票務跟上，總務做好劇場現場的管理，在這個自媒體的時代，問卷都不用回收就會有無數回饋寫在粉絲頁或Line群組裡等著你翻閱。但這個進程的一開始，我用了帶有懸念的「只要」兩個字，可想而知，大學生舞蹈展演製作的過程中，行政執行雖然相對被動，但總能高效率地完成；藝術創作看似積極，但做過創作的人都知道……不到最後一刻，「東風」永遠不來。

Tips 11.

總監也要兼任「舞台監督」嗎？

舞台監督的任務是支配和處理舞台上一切與舞蹈演出相關的事務，以保證演出品質為終極目的。

其主要工作內容包括管理舞台及後台秩序、發布開幕、閉幕、催場的信號和命令，指揮幕後人員工作，因此他要清晰地記熟舞者上下場及布景、道具準確的位置，熟悉各幕、各場的燈光變化要求，並負責提醒燈光操作人員準備等。在演出的時候，舞台監督的任務可謂異常艱鉅。

國外有些較大的劇場會有專門的舞台監督人員，他們對自己的場地比較熟悉，並且有豐富的實踐經驗，可於演出前幾天再投入到舞蹈製作的工作中，快速地掌握此次演出的要求。在中國大陸，舞台監督這個職位一直沒有受到足夠的重視，經常由藝術總監或行政總監來兼任，雖然兩位總監是對演出最熟悉的不二人選，然而這樣的工作對藝

術總監或行政總監來說確實過於繁重，並難免顧此失彼。較好的權宜方式可以是，由總監助理協助舞台監督彩排幾次，使他儘快熟悉舞蹈演出的整體結構，輔以文字流程表，再交付舞台監督獨立負責。

Q6. 大學生舞蹈演出有什麼特點？

大學生舞蹈表演跟職業舞團有什麼不同？

學生演出如何做得「很專業」？

　　大學是個很神奇的地方，與其說它是一些特定的「地方」，不如說它是人生的一段特殊「時期」。這個時期的人們，成熟中略帶青澀，衝動而又不失智慧。我們經常聽人說「我大學的時候」做了一些什麼事情，這些事情往往帶有新鮮、冒險的幻想與創意精神，之後成為他們人生中很有意義的一部分經歷與回憶。

　　大學時期，有的人構築夢想，有的人轉換跑道，有的人渾渾噩噩，有的人找到了人生伴侶……。對舞蹈系的學生們來說，大學是他們舞蹈生涯的轉振點，有些人進入專業領域後，在一種自以為是的高峰迷失了自我，就此與舞蹈漸行漸遠；有些人在對舞蹈的激情退卻後，逐漸培養出舞蹈延伸出來的附加能力，可能是教學、可能是管理，可能是學術研究或寫作……這些目標愛好不甚一致的人，他們在這個時期聚到了一起，共同完成一個可能是第一次，亦可能是最後一次的舞蹈表演，這種大學生自己籌集的舞蹈展演，在製作過程中帶有什麼特色？他們將共同克服哪些困難呢？

　　大學生舞蹈展演的製作在作業週期、管理方式、工作心態上與職業舞團有一些差異，因為參與製作的都是大學生，所以在執行上必然反映出這個年齡階段的風格與傾向，包含學生屬性的行為特點。

　　按照教務規範安排的大學課程，大學生的學習以16～18週為週期，扣掉期末考試與後期檢討的時間，一場舞蹈演出如果要在學期結束前完成，實際上只有不到四個月的製作時間。然而這三、四個月的時間裡面，學生們同時仍要修讀其他學分課程，又要打工賺錢，還要談戀愛，如今要他們專心致意地只為一場舞蹈展演焦灼，在執行上是不現實的。**作業週期較短與工作時間分散**，是大學生舞蹈製作在管理上的難點，無論教師或學生中的領導者，都必須要有足夠的細心和耐心去面對繁瑣的執行工作，從初期以時間為主軸，製訂工作時間表，到作業執行期間鉅細靡遺的鼓勵與提醒動作，加上很多學生是第一次參與舞蹈展演的製作工作，在溝通上難免會有誤差，因此重複作業（overlapping）的機率相對頻繁。

　　在這種狀態下，管理者除了要對展演活動的工作內容有所掌握，有時候也應適當地了解參與人員的「外務」狀況如何？對舞蹈大學生而言，演出固然是他們學習成果的輝煌體現，但事實上修學分、雙學位、打工賺錢、戀愛體驗……這些「外務」對他們的大學生涯來說，重要性並不低於演出活動。所以大學生舞蹈展演的管理方式，更要把握「人性化」的理念，管理學生們的心，讓他們將不算成績的舞蹈演出製作，當成最受用的人生學分來修習。

　　每一所學校的教育理念大相逕庭，每一個班級的風格也大異其趣，大學學子經常渴望別人聆聽他們的想法，然而當機會放在眼前的時候，又時常望而卻步，可能有時候是不願意承擔責任，但大多數的時候卻只是缺乏自信。

　　在中國大陸，製作學生舞蹈演出的「總監」，通常經由被提名、被投票（有趣的是他們通常不會投票給自己），半推半就而獲得任命，然而最終無論過程是否狼狽，總監們總能夠不負眾望的完成工作。學生舞蹈展演製作的另一個特點，就是有時群龍無首，有時又群星爭輝。總要有一個人出來管理，而且只能有一個人作為管理責任人，這個人不能是他們的老師，否則便失去學生製作的本質，教師只能承擔監管或協助事務。如果是一個班級或一個年級的學生展演製作，那麼**平行管理的作業型態**，便是它在執行中的另外一個特點。

　　當你擁有實際行政任命的時候，管理職權是名正言順的事情，即便遇到不服管教或敷衍了事的情況，還能拿出一些規章條例予以制約；但是當你什麼權力都沒有，卻仍要承擔繁重行政任務的時候，如何有效地管理與你共事的同學們，就會變得很有挑戰性。法治雖為管理之基本條件，然而「服眾」才是平行管理的致勝關鍵，古代歷史中常有揭竿起義、就地起兵的平民領袖，他們的能力未見

大浮生平行管理多 ⇒ 舞团也平行管理？

得比其他人強，但他們絕對是人心所向。老生常談：「得民心者得天下」的道理，對大學生舞蹈展演平行管理而言特別重要，首先同學之間的能力雖有差距但不至於相去甚遠，其次舞蹈專業能力與製作能力並不成正比，再則有些人即便十項全能卻缺乏人格魅力，因此如果無法有效地號召群眾，根本就談不上如何管理了。

　　大學生自籌舞蹈展演經常採用多位編導創作的合作形式，藝術總監通常來自於諸多編導的其中之一，這跟職業舞團藝術總監集權一身的情況很不一樣，藝術總監在大學舞蹈展演中任重而道遠，不但要完成自己的作品，還要「關照」別人的作品。在不干擾他人創作的前提下，藝術總監要對作品完成的進度、風格以及品質發揮管理的作用，這樣的工作內容奠定了**藝術總監在大學生舞蹈展演中的服務性質**，而奉獻這種服務情操，並不是唯唯諾諾的將就、妥協，而是從一個整體的高度上，對多位編導的作品提出適時適當的督促、引導和建議。不只一個編導創作的舞蹈展演，越接近臨演階段，越要懂得互相欣賞與尊重，共事的編導們要明白彼此之間一榮俱榮，一損俱損的關係，切忌相互評比，兩敗俱傷，否則反而容易降低了演出的整體品質。

　　大學生舞蹈展演有一個完勝職業舞團的起點，就是在

學校自身品牌保護傘的籠罩下，他們有**直接繼承品牌的優勢以及永保新鮮的受衆群體**，如此一來，舞蹈演出的製作在賣票方面的壓力會明顯降低，無論售票或贈票，觀衆回應演員的熱情往往會比鑑賞藝術的心境更爲眞摯。另外，除非是全新公演形式的策劃，大學生舞蹈展演通常不乏可取師的參照，不管是創作風格的繼承、工作模式的使用、觀衆群體的發展，甚至贊助商家的把握，在既有品牌形象的引導下，大學生舞蹈展演比起其他社會群體而言，占有絕對性之優勢。

Tips 12.

學生展演的特色——兩岸不一樣

　　兩岸學生之差異，以台灣各大學舞蹈系為例，學生自二年級開始就會以班級的方式進行各班同學自己創作的作品「班級演出」，這時期的創作都是為了畢業展演進行之前置作業的醞釀。三年級再次呈現「班級創作展」時則為畢業展演籌備中期。最後成熟期是將班級展演時的作品或新編創的作品，進行全班性篩選，跳成品舞蹈的狀況少有，直到完成畢業展演出，工作時間總長至少一整年至一年半的籌備期。所有演出行政工作均由全班同學主導，在班上同學選出一名總幹事及副總幹事為主事者，其次為文書組、美編設計、總務（財務）組、公關票務組、宣傳組、場地（排練）組、攝錄組、前台組、幕後人員（舞監、舞台燈光、音控、服裝、道具）、機動組等等，這些組別可以縮減或調整。

Q7. 如何與未來舞蹈家 相處？

學舞蹈的人真的那麼難相處嗎？
管理者與舞蹈家的共事要如何才能和平相處呢？

　　大學生與真正意義上的「舞蹈家」還有些距離，然而今日的大學生，透過不可估量的努力，有朝一日成為舞蹈家絕對是指日可待的。雖然不是每個舞蹈藝術創作者皆由舞蹈大學生「進化」而來，但大學生自劇場工作（舞台製作部分）所表現出來的特質，確實為多數舞蹈工作者所共有，那麼作為舞蹈管理者，該如何與這些帶有舞蹈家特質的「未來舞蹈家們」工作呢？這是一個比較藝術的問題。

　　很遺憾，一直在大學校園裡工作的我，目前還沒有跟「大牌舞蹈家」一起工作的經驗，所以這裡沒有辦法湊齊那些想像的材料，無法拿成熟舞蹈家們優秀的作業案例來樹立標竿。但這也可能是一個較好的出發點，因為我將不會下意識地拿這些「未來舞蹈家」們，跟專業舞團的藝術家做比較，也不會不切實際的暗藏將每一個學生培養成「專業人員」的奢望，舞蹈系大學生有著在他們這個階段處理事情的方式，即便有時候超出邏輯之外，也不好用命令性、治標不治本的方式來規範他們，為什麼呢？因為那樣真的沒用。

　　舞蹈管理跟其他類型的管理一樣講求績效，但在藝術管理中，比績效更重要的將是整體團隊合作氛圍的營造，若只是追求結果而不顧過程，就算一場精彩絕倫的舞蹈能夠成功問世，失敗的管理也會讓這次的成功成為絕響。縱

使參與大學生舞蹈演出製作的成員一直變動，但是好的工作氛圍，卻是能夠一屆一屆的傳承延續下去，繼而形成一個學校／舞團的風格與特點。從管理的角度來看，良好的工作環境自然會帶動好的績效；有了好的行政製作進程，舞蹈作品才可能有良好的孵化環境，這個時候的舞蹈管理，才可能呈現出「表裡如一」的精緻。

與未來舞蹈家們相處不是單向無上限的包容和忍受，而是作為創作人員的舞蹈家和作為執行人員的管理者，以做出一場好的演出為目的，共同齊心堅守此信念。所以執行人員並不是給舞蹈家打雜的，這一基本的認知雙方都應該取得共識。從相互尊重的作業心態出發，團隊才有可能談得上合理的協作與共事。

管理者與未來舞蹈家們

從製作舞蹈展演的角度來談，管理者該如何與未來的舞蹈家們相處呢？都說知己知彼，百戰不殆。現在舞蹈圈子裡的管理人員，多數都是管理專業出身（不是學舞蹈的），他們擁有較強的策劃執行能力，卻對舞蹈藝術知之甚少，往往是在方案製作時臨陣磨槍，靠蒐集資訊來完成策劃。當然，這樣的策劃也能獲得可觀的收益，但是藝術管理絕對不是將營利作為唯一目的的管理工作，而是透

過管理優質藝術品生產／創作的環境（好的生產環境在一般規律下可以產出較好的作品），同時擴大其影響力，之後，再去談如何獲得更大的收益。所以作為大學舞蹈展演製作的管理人員，首先要能比未來舞蹈家更加**了解舞蹈之特性**。

　　舞蹈的特性是什麼呢？簡單來說，作為表演藝術的一個門類，舞蹈的特性是「即時性」和「唯一性」。即時性說的是它稍縱即逝，就算錄影可以將它的影像永久保存下來，但也已經脫離了舞蹈本質的使用素材，轉化為他類藝術形式，不再是舞蹈本身。舞蹈表演在這種即時的特性之下，參與其中的未來舞蹈家們必定將傾其所能，為了這台上的一分鐘專注，所以在一般情況下，管理人員要儘量不使行政事務干擾他們的舞蹈製作，即便多數時候同學們需身兼管理與創作的職責，也要將心比心，不以自身作業內容，干擾或施壓於他人創作之氛圍。

　　唯一性是舞蹈表演的另外一個特性。舞蹈以人體作為素材，透過有組織的肢體動作對舞蹈文本進行解讀和表達，即便是職業舞者，每一次的演出也會因生理、心理狀況的不同而對其演繹有所影響，所以我們說，舞蹈每一次的演出都是唯一的，就算能夠湊齊經典節目、原班人馬、舊地重遊三個不變因素，只要它使用了活生生的人作為媒

介，就無法做出跟以前一模一樣的演出。這個特性使得舞蹈演出同一節目的不同場次顯得魅力非凡，也讓每一場演出成為舞蹈家對昨日的挑戰。因此管理人員要明白，舞蹈在布幕升起之後，時刻都是對舞蹈家的考驗。當燈光照亮舞台的那一刻起，所有的行政工作必須跟藝術品切割，任何情況下不得影響舞蹈演出之行進，留給舞台一個對任何事情都能置身事外的隔絕環境。

學生時期我做過幾場展演，當時懵懵懂懂的細節都模糊了，然而依然令我記憶猶新的是，某些共事的同學，他們的鑑賞品味跟我確實有所差距，這個差距不是誰好誰壞的區別，而是知之甚少無法對話，導致當時作為未來舞蹈家的我，本能地排斥與他們溝通，繼而造成雙方工作進度的阻礙。所以作為管理人，**自覺地培養自己對舞蹈的鑑賞品味**，這對與藝術家合作來說是不容小覷的。

溝通的重要性在管理作業中毋庸置疑，而有效溝通的基礎最初即建立在溝通的意願上，雖說品味較難以臨時抱佛腳來取得大幅度精進，但鑑賞依然可以透過量變來加速而獲得質變，越是不可一蹴而就的目標，越是要懂得千里之行，始於足下的道理。

管理者跟未來舞蹈家們相處，裝傻功夫的火候要自我

修習得恰到好處，雖然常常事實就擺在眼前，但當局者一葉障目是在所難免的，作為一名與舞蹈家共事的管理者，要幫助大家學會「保留答案」。這是一件很有意思的事情，跟賣關子的樂趣不一樣，而是將解除困境的主導權留給舞蹈家們，讓他們自己解決問題（不要干涉），這個時候，直覺式的提出問題會比友善公布答案更能破解謎團。

　　舞蹈專業教育出身的同學們，經常不甘屈居人下，覺得台下瑣碎凌亂的幕後工作，不如台上收穫掌聲來的風光，如果在藝術管理的語境下你還想要追求風光，那我建議你還是好好練功，回去做個單純的舞蹈演員吧。從事舞蹈管理工作，就要有成為「幕後英雄」的覺悟，不要惦記著不屬於你的榮譽和掌聲。管理人和舞蹈家就像地球的兩端，若有一邊陽光照耀，另一邊必將幽暗深沉，這種不同性質的作業內容，共構而使地球能成為一個有機運轉的整體。換句話說，既然兩者是一體的兩面，掌聲給予幕前的演員或幕後的工作人員又有何不同呢？觀眾的掌聲只是短暫的瞬間華麗，作為一個團隊，二者並肩的默契和信任，才是對幕後英雄們最大的鼓勵和敬意。

未來舞蹈家們與管理者

　　如果只是管理人員無底線地配合舞蹈家的作業，就不

算合作而是「遷就」了，因此在共事的基礎上，舞蹈家們也要對管理和執行人員有一定的理解與尊重。管理行為是一系列按部就班的作業內容，牽一髮而動全身，如果因個別人事延宕了部分細節，那麼相關的一大部分事務都會受到干擾。舉例來說，若在時限內沒有完成作品階段性的編排，可能會拖後舞蹈劇照的拍攝，沒有舞蹈影像相關的素材，宣傳人員無法製作宣傳品，連帶的，票務人員也難以開展工作。所以當管理人員對著舞蹈家們發出「催命」信號時，舞蹈家們千萬不要消極閃躲，因為那樣除了將延誤其他作業環節外，也會破壞管理與創作雙方的信任。要知道，管理事項都是照表驗收的，定時跟進管理者所規劃的作業細則，提早做好準備，按時完成任務，是對自身工作以及團隊合作該有的基本尊重。

藝術家們多是情緒敏銳的性情中人，他們追求的生活是靈活自在，而不是一成不變的規律重複，所以將他們放在藝術品製作的生產線上，常常需要他們自由的靈性做出諸多犧牲，而且他們「製造」藝術品的靈感是可遇不可求的，確實較難按照日程表的進度來創作。每每提及此處，我會問藝術家們兩個問題，「你需要管理工作來協助你演出嗎？」答案是肯定的。第二個問題很類似：「如果你無法配合管理工作的安排，為什麼還需要管理人員呢？」

　　我想說的是，未來舞蹈家們除了以完成高品質的作品
為己任外，他們應該學會管理自己的時間，勞逸結合，考
慮管理工作的設置和自己創作的習慣，適當地給自己一些
壓力，妥善分配舞蹈排練的進度，這樣也會降低參演人員
臨近演出的不安和焦躁。

Tips 13.

管理者要經常向藝術家提出問題

　　未來舞蹈家們在創作初期，經常會有一些舞蹈技術無法完成的「幻想」，當然大多時候這些幻想是合理的，只是硬體設施跟不上。舞蹈家們會花很多心力去琢磨這些技術問題（如燈光與作品如何融合等等），然後到了劇場合成的時候又因條件欠缺，一切設想付諸東流，這樣的情況除了使前期心力白費之外，還將嚴重拖遲後續的作業進度。

　　有經驗的管理者多能提早預想到這樣的情況，但作為編導的藝術家們，尤其是許多第一次創作的未來舞蹈家們，往往是不撞南牆不回頭；要避免他們在臨演時刻撞得頭破血流，管理者要在製作過程中經常提出問題，透過問題性的對話，讓舞蹈家們自己發現理想與現實的差異，提前面對現狀，這樣不僅可以提高創作的效率，也可以使編導與演員間的工作氛圍變得相對融洽。

Q8. 舞蹈大學生也有人脈嗎？

人脈對舞蹈製作有什麼不可預估的力量？

舞蹈大學生如何經營人脈？

　　人脈是什麼？字典裡賦予的解釋是「透過人際關係而形成的人際脈絡」，這個說法對舞蹈大學生們來說有點飄渺，彷彿跟自己所熱衷的藝術創作無關似的。簡單來說，在舞蹈管理工作的哪些層面需要動用到人脈呢？我的回答是：「似乎沒有一個環節是不需要的。」即便是創作的階段，音樂、服飾、燈光、布景也無一不需要透過人脈的協助來完成。

　　舉個宣傳組的例子：宣傳品設計和製作的專業能力，超出了舞蹈系學生的專業範疇，雖然有強大的網路搜尋系統與社交軟體解救了我們，但隔行如隔山，堅持磨練技能、自我提升是一種土辦法，不過若能透過人脈的支持，其實更能事半功倍。電腦與手機軟體的使用，開闊了我們其他知識／技術領域的能力，也拓展了我們的人脈，對宣傳組的作業內容來說，無論是在籌備階段的設計製作，或是宣傳時期的鼓動炒作，「人脈」的影響力始終寸步不離。

舞蹈大學生的人脈特點

　　舞蹈大學生的人脈有什麼特點呢？首先，**專業性強為其人脈基礎**之特點。舞蹈系的學生無論是專業院校或是綜合性大學，他們認識的人首先來自於過去與現在的同學和

老師，這些人屬於「圈內人」，是其人脈之基礎，他們共同的特性是帶有舞蹈藝術的專業技能（但不免陷入專業的單一性），這類基礎人群在舞蹈演出的製作上，除了少部分能對舞蹈作品的創作提供建議外，多數的作用將反映在售票率上，也就是成為能夠相互砥礪的觀眾群體。來自普通高中的學生在這一部分可能稍顯基礎薄弱，不過若要談人脈之經營使用，基礎薄弱者往往更加深諳其中之道。

舞蹈學生進入大學後，多與他類藝術學生同屬一行政管轄範疇，因此在公共課堂或宿舍分配中，總有機會與其他藝術專業的同學同桌共席、比鄰而居，在這樣的優勢下，舞蹈學生的人脈很容易便能銜接到其他藝術門類中。然而散點式地在各藝術中平均鋪開較不切實際，通常離開了舞蹈專業的基礎人脈後，往外展開的人脈走向會逐漸受到個人興趣愛好和生活圈的影響，有時候脾氣秉性也會成為人脈網絡走向的影響因數。

不難發現與舞蹈學生相交的同行或不同行，大多都是「性情中人」，不排除我們周遭會出現理工科和帶有銅臭氣息的朋友，但往往三兩句話不投機就拒絕來往了，不能說完全是這樣的，但至少在大學校園如此事件屢見不鮮。舞蹈學生的人脈中，**感性人群比例較高**，這是物以類聚使然。舞蹈學生給人一種性格外向的感覺（這大多時候是種

錯覺），因為他們長期被「言之不足，舞之蹈之」的觀念說服著，故而在表述方面的語言邏輯能力尚未被完全喚醒，他們比較習慣使用直觀的感性思維去分享人生的各種體驗，也就是「我覺得……」這種談話基調，若有一言不和者，無須多言，所以在他們身邊更容易聚集那些共同使用感性思維去認識世界的夥伴們，這也就不足為奇了。

舞蹈大學生如何經營人脈（mankeeping）

　　這種天天不是上課、排練、演出，不然就是做作業、趕論文、背單字的舞蹈大學生們，要如何經營人脈呢？要用到「經營」這兩個字，大家都會覺得功利得俗不可耐，不過若是你平時與人沒什麼交集，等到需要幫助，有求於人的時候再去找人，那就真的只剩下利益交換，而沒有所謂「交情」可言了。學生們往往要經歷幾次上天無路、入地無門的無助感後，才會對這個道理有所覺悟。

　　人脈是一種資源和資本，這是一個人哪怕有十八般武藝、會七十二變也無法取代的。如何做好人脈的經營呢？首先你要知道自己的需求。如何知道自己的需求呢？你應該思考一下自己將來想成為什麼樣的人，提前做好人生規劃。按照規劃，你會知道你現處於規劃中的哪個階段，你可以問自己幾個問題：

✓ 你現在正在做的事，是使你往計畫的目標前進嗎？

✓ 如果是，思考一下誰給了你最大的幫助？

✓ 你還需要他給你什麼樣的支持？

✓ 如果不是，排除自身能力的問題，是誰沒有為你提供有效的支持？

✓ 為什麼他們沒有對你提出支持？

✓ 你還需要哪些人為你提供支持？你還需要開發哪些潛在的人脈資源？

逐一思考過這幾個問題後，你人脈需求的走向便不證自明。

從舞蹈演出製作的角度來考慮，舞蹈大學生人脈的缺口在於非舞蹈專業人群。在廣大非專業人群中，它的人脈需求首先落在贊助（對舞蹈有興趣的企業或商販），然後才是相關的技術人員。

贊助方面的人脈跟舞蹈大學生的關係很微妙，個人贊助和企業贊助不同，企業單位在對藝術有興趣的前提下，須著重考慮公司資金政策、形象契合等相關問題；而個人贊助在條件允許的前提之下，往往對舞蹈藝術、學生活動，有無法預估的期待和熱情，對不需要大量資金便能順

利推行的學生舞蹈演出而言，個人贊助能起到很大的鼓勵作用。

這些帶有贊助性質的人脈從何而來？又該如何經營呢？具體說來，其實作法非常簡單，那就是舞蹈學生們**要經常在人群中散播舞蹈藝術的魅力，讓更多的人喜歡舞蹈**。這並不是教我們功利地以籌錢為目的去結交朋友，而是呼籲一種舞蹈學生該有的本能和職責。

舞蹈學生們平日裡將自己圍困於專業中，常忘了自己最初對舞蹈的喜愛，忘了去「生活」，所以他們的人脈容易產生侷限。周遭的人是最容易用生活建立起聯繫的人脈網絡，填補這塊人脈缺口的方式，就是要帶著我們所愛的舞蹈，回到生活之中。平時與人少談閒事，多聊舞蹈，經常邀請非專業的朋友們觀賞舞蹈演出，與其分享鑑賞之相關感受，讓他們不知不覺中養成欣賞舞蹈的習慣，然後才有可能花錢買票看演出，才有可能用各種形式為我們提供贊助支援。

演出製作方面，相關技術人員的人脈建立也是必須的，如燈光、服裝設計等專業人員。他們經常在我們工作的環境中出現，時常與我們產生交集，但大學生們往往輕忽了與其建立聯繫的重要性。與技術人員建立良好互動的

優勢，將使我們在潛移默化中提高專業方面的綜合素養，比方說如果我們對燈光的使用與技術操作有些概念，便能在創作舞蹈的時候預想到可能完成的效果，而不用到了合成階段再去臨場設計，事倍功半。

　　積累這方面人脈的方法很簡單，請你善用兩個訣竅：一是尊重，二是觀察。在與技術人員共事的時候，不妨詳加觀察他們的作業內容，一來可以增加與專業相關的知識，二來透過觀察，你很容易就能找到與他們相處的方式。專業的技術人員雖然偶爾有性格怪異之輩，但因為他們工作的性質大多是與「物」打交道（而不是「人」），所以他們的人際交往方式並無太多複雜的心思和手段，有什麼就說什麼，聊得來就一拍即合，談不攏便一拍兩散。技術人員的工作需要較高的操作能力和審美品味，即使沒有任何文憑或可與之相對應的職稱，然而他們的專業程度並不亞於舞台工作崗位中的其他範疇，透過觀察了解他們的工作內容，對之報以適當的尊重自是於情於理，在這樣一種尊重而不是「技術人員理應為演員服務」的前提下，舞蹈學生與舞台技術人員的交往才有可能展開，才談得上人脈的建立。

Tips 14.

人脈的力量

　　史丹福研究中心曾經發表一份調查報告，它指出了這樣一種結論：一個人賺的錢，12.5%來自知識，87.5%來自人脈；一個人事業的成功，80%歸因於與別人相處，20%才是來自於自己的心靈。

　　互聯網最近也流行這樣一句話：「學歷是銅，能力是銀，人脈是金。」可見人脈的力量，對管理效能的提高發揮了很關鍵的作用。

Tips 15.

人脈圈的小小拓展

　　我在大學時對戲劇表演非常感興趣，旁聽了一些戲劇系的課程，同時參與了相關表演社團（戲劇社和京劇社）。當時的我其實無意羅織有關的人脈網路，但自然而然地，除了舞蹈之外我參與了一些舞台劇的表演，並且頻繁地進入劇場觀看戲劇演出，因此跟一些戲劇學生們成為了帶有相似品味愛好的票友。受到我的影響，他們也逐漸對舞蹈表演感到興趣，而他們也會同樣地將他們的興趣分享至他們的朋友，於是我便在無意間開拓了我的人脈，也擴大了舞蹈觀眾群，雖然只是小小的幅度。

Q9. 舞蹈演出製作如何展開
公關工作？

舞蹈公關真的存在嗎？

大學生舞蹈公關的主要任務是什麼？

　　公關的概念廣泛得足以成為一種職業，它涉及的內容涵蓋了交際、宣傳、服務、徵詢、建設、維繫、營銷、贊助等等職能，以打造品牌形象、促進企業／團體利益為主要目標。大學生舞蹈演出的製作相對單純，從管理角度來說，大學生舞蹈公關的工作主要在維護公共形象及獲得財物支援兩方面，也就是落在維繫與贊助兩種類型的事務中。

　　公關是展演製作前期對外交流的主要媒介，這個組的成員是除了行政總監之外，首先對活動企劃書產生需求的工作團隊，在舞蹈展演內容尚未成型的時候，公關組只能透過企劃書的文字，對其整體有一個相對清晰的概念性把握。此外，為了使贊助爭取過程中的交流更加順暢，公關組人員還需對歷屆的舞蹈展演，以及同期相似性質的舞蹈演出，有一個通盤掌握，企業管理中的SWOT理論對贊助洽談的受用性較大，知己知彼是公關人員開展各類型工作的前提。

　　舞蹈大學生們以製作演出為目的著手進行的公關工作，團隊的良好形象多可倚賴繼承而來，若非有演出形式轉向的需要，一般不需花費太多心力去維護，所以公關人員更多地會將心思放在贊助取得上。而贊助的洽談，無論工作人員是否有足夠的能力或經驗，都需要經歷以下幾個

過程：

一、調整企劃書的性質

公關組的成員都應該具有單槍匹馬與人洽談贊助的能力，因此了解企劃書對他們每一個人來說都是基本功，除了透過企劃的細節認識此次演出的特點外，還要能從相關資料中，估算出此次活動宣傳的覆蓋面，進而聯合宣傳組人員去落實它的影響力。

擁有足夠的影響力才可能令贊助商對我們產生興趣，而影響力的強弱首先將透過宣傳的覆蓋面來評估。在固有企劃書格式（5W1H）的基礎上，公關組需要在企劃書中加上至少兩部分的內容：其中一部分是對此次舞蹈演出宣傳覆蓋範圍的說明，當中包括往屆展演的相關數據，以及此次活動的影響力評估；另外一部分則是贊助回饋方案，贊助者若是公司或商家，通常會對我們「能夠給予什麼樣的回饋」進行比較嚴肅的思考。在撰寫這一部分文案的時候，需了解公關工作的服務性質，並把握「贊助是一種雙向的供需行為」這個邏輯，務必在開展洽談工作前，釐清不同性質的商家對贊助回饋不同的需要方式和程度，同時提出多種使雙方能獲得相對利益平衡的回饋計畫，供贊助者參考進而做出選擇。

二、接觸不同類型的贊助目標

公關組在開展作業進行贊助協商之前，需要對目標對象有所觀察，用以考量目標與此次演出活動的相關性，同時判斷洽談應使用的方式、策略，然後才開始行動。能為大學生舞蹈演出提供贊助的目標有幾類，撇除親友型無償贊助不談，一類是藝術教育培訓，一類是藝術愛好者，另外還有企業機關包場作為內部招待以及有關藝文補助的避稅考量。

在與培訓機構商談贊助之前，有需要進一步了解該機構的規模、性質以及參與協商人員的職權和性格。對機構的規模與性質進行調查，可以做為我方公關提出贊助回報的參考，深入了解贊助方的需求，才有可能做出供需相對平衡的贊助方案：按照規模與性質的不同，有些機構需要瞬間爆發的人氣擴大影響，有些則需要小巧精緻的質量平穩發展，最終贊助回報形式的方案提出，還需取決於兩方的活動時間是否能對應得上。有一類機構是固定時間的季節性招生，因此為他們所提出的方案，其節奏步調多伴隨著學校學期或升學考試而設，情況相對清晰簡單，大學生比較容易把握；另外一種機構是專案型招生，這種類型的贊助合作，在洽談前要先熟悉對方專案之主旨，並且更明確地傳達彼此之間相互需要的關係。每個專案的建立雖

然看起來都是一次性的，但實際上大部分機構都有將「一次」延伸至季度、年度的預想。與專案型培訓機構洽談協商的難度比較大，但相對的，他們願意與我們交換的資源也會更加慷慨。

其次，提前了解洽談對象之職權和性格，對贊助協商的進行也是很有推動效果的，大多數的人都有不在其位，不謀其政的心理，然而有些人性格熱情，開朗激進，即使有時候他們不掌握職權，沒有權限可以拍板定案，卻能在上級領導做出決議的關鍵，為我們起到推波助瀾的作用；反之，有時候我們雖然能跟「對的人」當面談贊助，固然他們掌握了可行使的職權，然而最終成事與否，經常會受到一些與活動無關的原因干擾，比方說「跟那個人不投緣」，「不喜歡他的說話方式」……等等。

無論是企業還是個人，與舞蹈愛好者們談贊助都是一件很有意思的事情，他們對舞蹈的執著與熱情，經常讓舞蹈工作者們自歎不如。在這一類贊助者們面前，所有的回報方案都只是附加價值，公關組成員在與他們談話之前，一定要把握該場舞蹈演出的特色，並且明確地知道自己的鑑賞品味何在，如此才能形成彼此對話的基礎。跟愛好舞蹈的贊助者洽談，不要急於給出回報的方案，不妨先暢聊一些與舞蹈相關的鑑賞經驗，多聽對方說，適當地給予正

面的回應，並從話語中分析出他們的審美愛好和傾向，把握得差不多了才能投其所好，向其推薦展演中的好節目，切忌無原則的吹捧與迎合，那樣反而容易顯得虛偽，適得其反。

還有一類的贊助可能來源於企業機關（非藝術培訓性質的公司），與企業機關談贊助需要準備的工作，除了上述兩者的總和之外，可以側面打探該企業對贊助回報的歷史傾向，同時還要熟悉當地政府在稅務方面關於「文化支持」的法令。雖然與企業贊助談判需要的前期準備很多，但通常這種談判的「投資報酬率」也是最高的，只要雙方的供需關係能夠相互適應，那麼贊助合作的共識便是水到渠成了。

三、分享資源，分組執行

大部分學生第一次出任公關任務都是在籌辦展演的時候，舞蹈製作會有一系列的費用產生，儘管每個人都不願意成為「有求於人」的那一方，但是這往往是學生們「面對現實」的一次機會教育。大學生舞蹈展演的公關工作，其主要任務在於贊助來源的尋找與贊助方案的協商，學生的人脈網絡多處於上升空間較大的發展階段，這些工作如果光憑公關小組的一己之力，最後成效必然是有限的。在

作業上雖然我們將職責歸於公關組人員，但為了保證活動經費獲得最大的支援，所有參與舞蹈演出的人員都有義務貢獻出自己的資源，協助追蹤並落實贊助合作的接洽。

　　大學生舞蹈展演製作的週期相對較短，若不通力合作，僅憑個別的幾個人去推廣贊助，很難挖掘出這個團隊真實的公關潛力，因此在製作的過程中，公關組有權力和責任按每個人的資源優勢，為大家分配贊助協商的任務，不過要考量到一個問題：並非每個人都是能言善道，適合「出勤」的公關人才，特別是以舞蹈為專業的大學生們，10個裡面通常還找不到1個能把事情說明白的（不是沒有能力，而是缺乏練習），於此同時，公關負責人也有義務在每個小組裡面，安排至少一位對整體活動比較了解，並且擅長溝通的人員加入其中，參與或協助贊助的談判。

　　無論是維繫公共形象還是進行贊助協商，一開始的公關工作總是充滿挫敗感的，經常不是吃閉門羹，就是被冷言相向，所以從事藝術類的公關，執行者一定要對該藝術具有絕對的熱情和執著，如此才有可能在重重打擊的另一面，看到勝利在望的曙光。

Tips 16.

雙向需要的公關工作

　　學生有時候會問我：「某某店的老闆沒有答應也沒有拒絕，我們還要去談嗎？會不會被討厭？」我反問他：「如果不認識的人開口跟你要錢而且還不打算還你，你會一口答應而不拒絕他嗎？」因為底氣不足、缺乏經驗，我們經常忘記用同理心去換位思考，所以大學生的公關工作往往出師不利，總要被拒絕好幾次才能摸索出問題的癥結。洽談贊助並不是有求於人，而是找到舞蹈演出與贊助商家互補的契合點，明確雙方相互的需要並進行實際的維繫，如果彼此合作是僅此一次，下不為例的情況，那麼此次公關工作無論獲得了多少資金，它在實際性質上也是失敗的。

　　一個有組織的公關活動通常在學生展演中有兩種分類，一種是分組進行各自範圍的努力，如：「公關組」

組員三至五名，有絕對的權限與團員無二話的服從。公關組組員談定一項一萬元現金贊助，需貢獻兩個舞蹈進行商場週年慶的熱場節目，本活動的成員就需無條件配合及協助。另一種則為人人皆是公關，都須協助宣傳或談取贊助金，而金額有其最低底標如五千元或更多等，談成多少就看各自本事與認識的人多寡，學生舞蹈演出顧慮到人脈的交叉性過高，必定會遇到一家商店的店長就有五到十人都認識，重複爭取贊助的狀況會發生。有組織的團體在公關人員執行職務時需有所分配，如哪些人鎖定周邊商店街，哪些人鎖定教育機構，哪些人負責部分曾經贊助過的企業團體。當然這些也需要經過會議討論，由有其他相關人脈的成員進行交叉協助。

Tips 17.

SWOT──優劣勢分析法

　　SWOT分析法是一種企業內部分析方法，根據企業自身的既定內在條件進行分析，找出企業的優勢、劣勢及核心競爭力之所在，從而將公司的戰略與內部資源、外部環境有機結合。其中，S代表strength（優勢），W代表weakness（弱勢），O代表opportunity（機會），T代表threat（威脅），其中，S、W是內部因素，O、T是外部因素。按照企業競爭戰略的完整概念，戰略應是一個企業「能夠做的」（即組織的強項和弱項）和「可能做的」（即環境的機會和威脅）之間的有機組合。

Q10. 舞蹈演出製作也要準備企劃書嗎？

舞蹈企劃書的寫作，從何開始？

企劃書的內容與作用是什麼？

　　製作舞蹈展演也要準備企劃書嗎？當然要！企劃書有兩個最重要的功能，一是溝通，二是管理。

　　企劃書是整個活動的詳細介紹，就像是舞蹈演出的簡歷一樣，它為企劃人與潛在贊助方之間起到了溝通的作用；它的管理功能也很強大，有經驗的管理者知道，強迫自己與團隊成員按照企劃書的內容展開工作，每個步驟便能貼近邏輯地去執行，同時它也是一種紀律的存在，它是管理者和執行者、企劃方與贊助方之間可供參照的績效評估標準。一份完備的企劃書，也是一份完整的工作計畫表，它可以幫助我們提高持續達成各階段目標的能力，並且事先讓我們預估，到達目標後的景象將可能是如何。

企劃書的構成要素

　　根據不同內容和參與對象，企劃書的種類相去甚遠。以舞蹈演出為主要內容的企劃書不太好寫，要將「做什麼舞蹈」這件事情用文字的形式表述清楚，本身就包含了很大的難度，因此除了等待經驗的積累來增加實力之外，在一開始從事企劃書撰寫工作的時候，要儘量避免糾結於此處所導致的寫作障礙，而將焦點專注在企劃整體構成的完整性上面。企劃書的構成，脫離不了幾個基本要素，在此不免要覆述一下這個千篇一律的準則。

Tips 18.

常見的5W1H──六何分析法

　　1932年由美國政治學家拉斯維爾最早提出的一套傳播模式，後經過人們的不斷運用和總結，逐步形成了一套成熟的「5W+1H」模式。5W1H原則：人（who）、事/物（what）、時（when）、地（where）、為何（why）、如何（how）。5W1H分析法也稱六何分析法，是一種思考方法，也可以是一種創造方法。

　　選定的項目、工序或操作，都要從這六個方面提出問題進行思考。

　　企劃書的構成要素，簡單一點的，可使用前面提過的5W1H（六何分析法）原理，詳細一點的，可透過參照5W2H1E法則，來撰寫一份完善的企劃方案。

5W分別是What，Who，Where，When，Why

◎What——你要做什麼？

（說明企劃的目的和內容）

　　以舞蹈展演爲主要目的的企劃書，內容上最難的是如何透過文字形式來體現舞蹈可能將呈現的形貌與狀態。作爲企劃書內容的「舞蹈是什麼？」通常我們會將核心落在演出名稱的訂定上，名稱的選定有很多訣竅，考量於學生舞蹈展演大多由多個節目匯聚而成，不同編導創作完成的作品自然所想各異，因此在爲展演定名的時候，包涵性較大的詞彙是比較理想的選項，如《12分之1》這個標題，它的內容可以延伸爲12個時辰、12星座、12個節目，還暗示出12個編導中每一個人的獨特和唯一。

　　透過舞蹈展演名稱的多層次解釋，雖然轉化不了舞蹈的特徵，卻能在企劃的起始點，強化出團隊建立的核心思想與團隊成員的特質，這種定名的想法，比較適合集結多人作品的舞蹈展演，至於創作是否該緊扣主題？或後期包裝如何迎合主題？對大學生階段的新興編舞家來說，只能說是可遇而不可求了。

◎Who——誰去執行這份企劃？

（列出參與企劃的相關人員）

誰去執行企劃呢？這裡要回答的問題實際上有兩個，一是誰將具體負責這份企劃的執行與監督工作？二是相關的執行工作者們，他們將採取什麼型態的分工模式？第一個問題我們需要交出具體的人名，如誰來策劃、統籌？藝術總監、行政總監分別是誰？第二個問題我們要把合理的作業分組提出來，這是這份企劃參與人員存在的合理性首次被考量，贊助方有時會根據這裡的材料來評估項目順利完成的機率。關於大學生舞蹈展演製作基礎的分工方式，我們在前面已經談過了。

◎Where——在何處實施企劃？

（指出企劃的實施地理位置與場地特點）

有些企劃在規劃之初始還沒辦法確定實施地點，但不同的地點確實在很大程度上將影響到整個活動的形象和效果。如果一開始無法標示出確切的場地，列出幾個目標地點或對理想場地有一個詳盡的描述是有必要的，少了企劃落實地點的相關說明，企劃的執行便會缺乏實踐意義。

◎When——什麼時候完成企劃？

（企劃實施的具體時間）

實現一份企劃方案，需要注入相應的人力、物力和時

間，因此企劃書中很重要的一部分，便是說明在有限的時間內，企劃者將如何規劃當中的人事作業內容，用最低的成本完成最有效的執行，使團隊達到人盡其才、物盡其用的良好績效。

◎Why——為什麼要做這樣一份企劃？
（說明企劃的緣由和前景）

　　企劃撰寫的背景說明是很重要的（它可以做得很有個人風格），它指出了企劃者及其團隊的動機與優勢，經常是企劃創意萌芽的核心所在。這一部分的內容，需要對企劃實現提出一種預想，也就是從前景到願景的理想進程，尤其是在藝術類的企劃方案中，有別於營銷獲利的商業企劃，大學生舞蹈展演的企劃書，如果動機的定位不夠準確，便很難找到自己的創意核心。

2H，指的是How與How Much

◎How——如何實踐這份企劃書的內容？
（它的實踐方式、困難點和備案）

　　說明企劃可能的實踐方式、活動的內容，預見企劃實施潛在的困難點，同時提出有效應對的備案，是一名企劃者在提出方案前就該成竹在胸的一系列構想。

　　大學生舞蹈展演企劃的實踐方式不外乎舞蹈匯演，

然而取決於團隊的風格和偏好，並考量決策層面的政策響應，舞蹈匯演的內容卻能夠包羅萬象，有的浸透教育意義，有的傾向通俗娛樂，有傳統舞劇、有小品匯集、還有結合舞蹈劇場和舞台劇的內容形式，每一種內容的實踐方式，本身都包含著潛在的困難點，除了督促作品編創的進度、風格與質量的把關，還有演員、技術人員調配，和劇場突發事件等等難點，這些都需要在企劃書中做好備案，提出可供緊急調用的有效方針。

◎How much——這項企劃的預算是多少？

（企劃實施過程中的收入與支出具體都落在那些地方？）

　　準確預算的提出需要豐富經驗的支援，舞蹈大學生們在為自己的展演初估預算時，經常選擇比較保守的態度，一來是害怕超額支出，他們的經濟能力負擔不起，二來是缺乏實踐機會，所以面對琳瑯滿目的預算，不知該如何分配。

　　預算條例與人力分配一樣，先找出分類，再展開明細。大學生舞蹈展演的預算通常可以分為幾類，按支出金額由高到低依次約為：

　　1. 租賃費：劇場、排練教室、燈光、音響、服裝等等租賃費用。

　　2. 設計費：宣傳品（海報、節目單、影片）設計、服裝設計等。

3. 勞務費（人事）：編導與演員的排練費、技術人員的薪酬、清潔人員的勞務費用等。

4. 餐飲費：排練到演出期間所有必需的餐點酒水開銷，包括工作人員的工作餐。

5. 印刷費：海報、節目單，與相關檔案的印製。

6. 交通費：所需交通補助的報銷。（應標明報銷額度）

7. 新聞費：如果需要媒體報導，將會有記者相關費用的支出（包括交通報銷）。

8. 雜費：採買清潔用具、醫療用品，以及舞台地板黏貼和標記所需的膠帶等等。

1E，Effect是贊助支援者最關注的活動影響力

活動影響力的說明對一份企劃書來說非常重要，活動影響力在一份企劃書中該如何體現呢？首先是負責團隊所屬機構的形象說明，當中須包含其所能提供的硬體基礎，用以作為順利推動活動的實際支持與優勢；其次是活動資訊與參與者的覆蓋範圍，這經常是贊助商比較關注並且判斷是否提供資源的地方，這一部分的資訊將同時揭示出該活動／團體市場的潛力和侷限，適度的誇大在這裡是可以被理解的，然而對自身影響力理性的預估往往會更令人期待；影響力的最後可以談談活動可能延伸的未來進程，這

對團隊公共關係的長效經營，能起到事半功倍的作用。

企劃書的基本格式

在上面那些基本要素的輪廓中，下面為大家提出幾個企劃書的基本格式可供參考：

企劃書（Ⅰ）

第XX屆舞蹈系師生聯合創作展《華麗出擊》企劃書

活動宗旨	加強舞蹈表演在社會中的印象，並借由師生聯合創作展演活動，支持藝文團體，建立、推廣與普及舞蹈教育。
執行時間	2017年9月20-21日下午19:30
演出地點	XX市舞蹈大劇院（需有詳細明確的地址）
執行單位	XX大學藝術學院舞蹈系
活動負責人	陳蒨蒨
參與人員	李艾倩等
計畫內容	第30屆舞蹈系師生聯合創作展《華麗出擊》
預計成效	質化指標：（此處應說明活動的形式和意義，形式包括除了舞蹈演出之外，活動中是否舉行工作坊、講座或演後座談……等其他形式的活動；意義即為透過活動的舉辦，參與人員與觀眾將獲得什麼樣的體驗與收穫） 量化指標：（此處應說明活動的影響範圍以及預估的參與人數）

企劃書（II）

××××大學舞蹈學系 第32屆學生畢業創作展演〈32又二分之一〉 演出類別：舞蹈 企劃單位：○○○○○ 負責人： 聯絡電話：0911-×××-××× E-Mail： 日期：	封面
主旨：說明本次活動的主要用意 指導單位：××××社會教育館 主辦單位： 協辦單位：（是否有協辦單位） 負責人： 電話： E-Mail： 演出人數： 活動時間：20××年××月××日 活動地點：××場館、地址	內頁1

門票發售方式：售票 預算經額： 申請經費：	
申請單位簡介：（歷史背景及其相關活動經歷） 活動目的： 節目內容特色：（如有演出經典作品或著名編舞家舞作） 演出者簡介： 活動預計成效： 活動宣傳策略：	**內頁2**

經費概算表						內頁3
收入部分	金額	支出部分	金額	支出部分	金額	
自備款		人事費		旅運費		
輔助款		演出費		住宿費		
贊助款		工作費		膳食費		
門票收入		燈光設計費		雜費		
其他收入		器材租借		其他		
		業務費（郵電、宣傳、印刷）				
合計收入				合計支出		

企劃書加分小祕訣

　　寫完一份企劃書並不難，但是寫好一份企劃書卻不容易。首先企劃者的心態非常重要！撰寫企劃書這件事情，你是將它當作一個過程，草草地隨意敷衍了？還是將它作為團隊開展工作的基礎，每落一筆都將有實際行動跟隨？

　　如果你感受不到遵循企劃、按部就班執行規劃的重要性，伺機而動的無紙作業模式或許更適合你的團隊；反之，企劃書支撐下的有效管理，除了保障活動，最重要的

是，無論由誰執行都能順利持續作業（有些活動進行到一半，或遇人事調動，經常要重新開始或是重複作業），讓往後接續任務的人，有可供參考的憑證，還能令團隊成員勞逸結合，妥善安排作業時間，不用隨時待命，也避免將工作積壓到最後，無奈只能以削減作業精緻度的妥協，倉促取得基礎工作的完成。

寫好一份企劃書有哪些加分的小訣竅呢？簡單來說：**重點強化，圖文並茂，做一份你自己願意看下去的企劃書**便是不二法 。撰寫時每一次這一點點思維上的轉變，其實就是為你的文案爭取多一份脫胎換骨的機會。

許多人誤以為藝術是創意的，而管理是枯燥的，殊不知管理的諸多過程，事實上與創作有著異曲同工之妙。每一部企劃的誕生必定伴隨著企劃者獨一無二的創意，但是如何使創意的核心在企劃中成為不被文字淹沒的重點呢？要我說，企劃文案的製作也是有竅門的。文案製作與舞蹈編創並無不同，它們一樣重視扣題，一樣講究視覺效果，因此要使企劃書出色，首先企劃者需**將企劃所要傳達的重點分門別類**，用小標題或不同的顏色、字號將其**放在適當的敘述板塊**，然後按考量，加上一些註釋性的文字作為陪襯，就像編舞中在主演身後加入群舞一樣，使整個版面體現出錯落分明的層次，如此在視覺效果上才會更加豐滿。

有些企劃者性格寡言，他的企劃書上滿滿都是一列一列的重點，這樣的企劃讀來固然痛快省時，但卻會讓不同職業領域的贊助商摸不著頭緒，還容易使其對企劃者產生準備不周的疑慮。

現代人習慣依賴圖片來獲取資訊，因此**圖文搭配**對一份舞蹈企劃書來說非常重要！舞蹈企劃書中會出現的圖主要分為兩種，一種是舞蹈圖片（照片），用以作為文字的對照，輔助閱讀者的理解，使其透過直觀的圖像，更好地掌握企劃內容的活動形式；另外一種是圖表，圖表經常被用在活動影響力的說明部分，它的生成需要透過有效調研活動作為基礎，在數據圖表的支撐下，活動影響範疇的描述，將比單純使用文字顯得更有感染力。

一份企劃書好不好，其實沒有絕對的評分標準，然而企劃的撰寫與閱讀，脫離不了人性的需求和好惡。如果你是一名贊助者，你希望從這份文案中獲得哪些有效資訊，從而協助你對是否參與該活動進行判斷？如果你是一個執行者，怎麼樣的書寫方式，會讓你明確地了解自己的責任範圍，進而更有效地完成作業？只要周全這兩方面的考量，無論文筆好壞，你的企劃書便能無往而不利。

Q11. 舞蹈表演一定要有節目單嗎？

為什麼有的表演需要節目單？而有的不需要？
節目單的具體內容應該是那些呢？

　　觀眾進入劇場到舞蹈開演之前，通常需要透過節目單去「認識舞蹈」，特別是在中國式思維習慣中，以「你看懂了嗎？」和「你看到了什麼？」作為評價標準的文化領域，觀演前的預習和演出後的複習，節目單都是最重要的依據。

　　節目單的基本構成主要有三，一為節目列表（其中包含節目資訊），二為參與成員介紹，三是劇照排版點綴。節目與成員是節目單的必備內容，而劇照是否使用則比較靈活，可以視節目情況或經費預算而定。

　　節目信息怎麼寫？節目資訊是節目單最基本的組成部分，觀眾可以透過書面文字的說明，初步地了解該舞蹈的文本梗概或形式結構。無論是舞劇還是多合一的舞蹈展演，舞蹈演出屬於綜合型的藝術活動，節目單上每個舞蹈的資訊，除了節目名稱、節目介紹，還要有編舞者和演員姓名，甚至再詳細一點的內容，可以加上音樂來源（曲目、版權所有者或作曲家姓名）、節目時間長度，以及參與排練的人員姓名（如排練助理或節目複排者）。節目資訊的基礎內容應該包含以下：舞碼名稱、舞碼介紹、編舞者、舞者、排練指導（無則可免）、音樂、服裝設計、舞台概念設計（無則可免）、影像設計（無則可免）。

按照實際情況與需要，有些節目單可以做得很簡練，特別是現當代舞蹈演出，非限定性的主題和語境，總是試圖誘導觀眾拿出更多的期待和想像參與到鑑賞之中，文字上經常是寥寥幾句，將節目順序交代清楚，點到為止的風格。相對而言，舞劇或古典舞蹈對節目單的要求比較嚴謹，內容要能交代劇情、要能複頌經典，還要周全地考量禮數人情，按其投入程度或人事權力分配篇幅，一一介紹促成舞蹈順利公演的姐妹藝術家、技術人員、工作人員以及志工們。

在美術設計的支持下，現在市面上的節目單型態各異、無奇不有，但是要做成什麼樣的規範？要達到什麼樣的效果呢？簡單來說，符合舞蹈風格是最理性的抉擇。現當代舞蹈或綜合型舞蹈演出（大學生舞蹈展演屬於這種），創意、簡便的節目單可能會收受意想不到的反饋；而帶有傳統特質的、古典類型的舞蹈展演，則要注意向前輩們的致敬，這時若能借鑑「慣例」來製作節目單，會是一個比較穩妥且不失禮數的選擇。

如何將參與成員的介紹加入節目單呢？一場舞蹈演出台前幕後的工作，光靠編舞家和舞蹈演員是很難完成的，除了台上的舞蹈表演，與製作相關的事務、與觀眾連結的接待，都需仰賴幕後默默付出的工作人員們。這些參

與其中的工作人員介紹，是組成節目單的另外一種成分，除了節目列表中出現過舞蹈創作者、作曲家與演員的姓名之外，節目單上關於參與成員的介紹可以有兩種方式，一種是按職務／職能，單拉出一頁或獨立區塊做重點介紹。被放在這一部分的人，通常為出資方（或掌握權力的大Boss）、製作人／策劃者、藝術總監、行政總監、導演，個別情況下還會有舞台美術設計和服裝師、燈光師的獨立介紹；另外一種是參與的工作人員清單，通常採用名單列表的形式，這一部分大多放在節目單的最後，內容是對所有幕後參與者的致敬，所以精確度和排序很重要，如果顧此失彼、主次順序顛倒或與實際情況不符，雖然對舞蹈演出沒有直接的影響，但是在製作的工作團隊中，不免令勞動者感到沮喪，繼而導致人心盡失。

　　沒有劇照怎麼辦呢？現在的閱讀習慣往往是先看圖片再看文字，或者應該說，我們的眼睛更容易被照片或圖像所吸引，因此節目單上的劇照可能是觀賞者的第一位導覽。節目複排型的舞蹈展演，其節目單必然不乏經典劇照，存在的難度只限於劇照與平面設計、文字排版之間如何相得益彰；而大學生舞蹈展演所參演的節目往往是初次登台，況且創作與製作同步的作業形式，節目時常要到最後一刻才能「完成」，沒有劇照怎麼辦呢？我們可以有幾

種處理方法：

一、返璞歸真型的純文字節目單

考量於現實的經費與實際的精力，純文字形式是學生舞蹈展演比較常使用的節目單風格，包括一些學校的舞蹈課程匯報也會選擇這種形式。

縱使舞蹈是一種視覺藝術，但是沒有人規定節目單一定要有劇照。簡單乾淨的純文字節目單，只要能按照規範，且強化特色，這種返璞歸真的選擇，往往會比欲蓋彌彰或用半成品劇照來濫竽充數的節目單顯得更加自信。

純文字的節目單可以做得很有質感，巧妙使用字體大小、空格、間距的變化使之錯落有序，尤其要注意紙張材質、色彩、光面的選用與折疊方式的差異，對每一個小細節的細心留意，在某種意義上，象徵著製作團隊對舞蹈的堅持與到場觀眾的尊重。

二、轉移焦點的人物型節目單

正常概念中的節目單應以節目介紹為主軸，但有些舞蹈可能因為演出的動機不同，或者因為沒有劇照，又不願意使用純文字的風格，這時候將焦點轉移，採用以演員形象為側重的人物型節目單，也不失為一種創造性的構想。

　　在缺乏劇照的情況下，不妨嘗試於設計素材中加入舞者們和演出主題相關的擺拍照（姿態不一定限定在舞蹈動作中），無論是作為整個展演的主題形象，或是個別節目的意境暗示，都會使版面設計別有新意。因為這種擺拍是經過深思熟慮的選擇，而且歷經多次嘗試、百裡挑一的，所以這種人物型節目單經常會令觀眾感到分外意蘊深遠、趣味盎然，有想像不到的正面效果。

三、獨具匠心的設計型節目單

　　有一種節目單不放照片，也不屬於純文字的風格，但卻能令到場的觀眾印象深刻、愛不釋手，那就是加入強烈美術風格的設計型節目單。客觀來說，設計型節目單很難由舞蹈大學生自己完成，雖然市面上有很多設計軟件可供學習，但畢竟術業有專攻，除非本身擁有較多的設計經驗，否則對色彩、畫面比重的敏銳度和鑑賞格調，舞蹈大學生們與美術專業相比，不免要相形見絀，更談不上如何透過設計來幫襯舞蹈節目單的製作了。

　　這一類型節目單講求舞蹈與美術的融合，設計者要基本明白舞蹈動作之特質，以及舞蹈表演所要傳達之內涵，從舞蹈出發的美術設計，才能避免隔靴搔癢或喧賓奪主的情況。

Tips 19.

做一份講究的節目單

　　講究的節目單包括：封面、內頁、封底。為求表達節目之內容、節目順序、演出時間、演出地點、演出人員。

　　內容須有：主辦單位、承辦單位、協辦單位、時間、地點、節目內容、演出單位、演出人員、策劃、監製、總監、編導等。

　　從功能上來看，節目單的內容要非常明確，除了提供信息外，還包括表演者。節目單通常多設計成文本與圖像的結合表現方式。封面、封底設計宜突出本次演出主題，標註日期、時間、地點需簡潔明確，符合視覺規律。而內頁設計宜清新典雅，若能用不同的字體顏色標註區分，可便於閱讀。創意的節目單也可以設計成紀念品形式或立體形狀等各式能表達出演出主題的特色設計。但無論哪種方式，重要的一點是，要考慮它是怎樣被使用的。

　　目前學生展演的節目單設計多以精簡具經濟效益為主要考量。

宣傳品製作範例

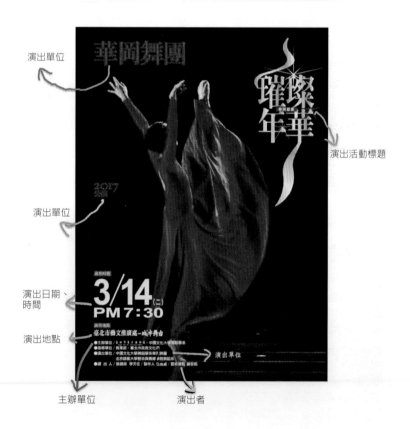

	**封面頁、封底〔中、英文〕** 1.標題 2.演出單位 3.演出時間 4.演出地點 封面內 指導單位、主辦單位、承辦單位、協辦單位。
	**內頁1〔中、英文〕** 演出單位／〔簡介〕
	**製作團隊**

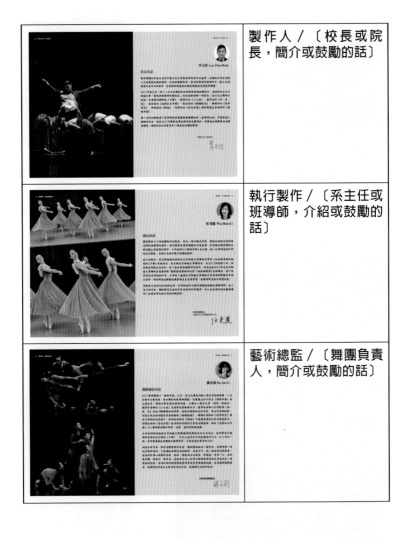

	製作人／〔校長或院長，簡介或鼓勵的話〕
	執行製作／〔系主任或班導師，介紹或鼓勵的話〕
	藝術總監／〔舞團負責人，簡介或鼓勵的話〕

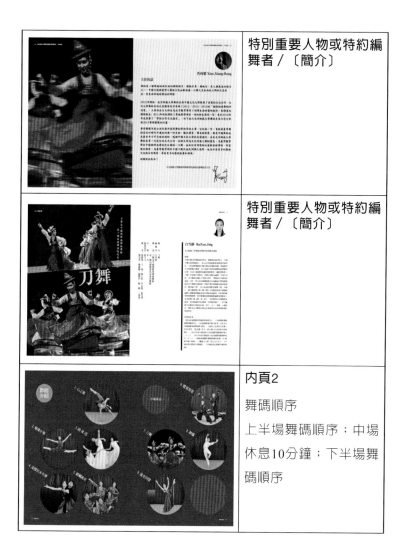

	**內頁3** 〔中、英文介紹〕 舞碼名稱／ 舞碼介紹／ 編 舞 者／ 舞　　者／ 排練指導／〔無則可免〕 音樂／ 服裝設計／ 舞台概念設計／〔無則可免〕 影像設計／〔無則可免〕
	**內頁3** 舞者介紹

內頁4	
贊助廠商廣告 封底內 導演： 舞台設計： 燈光設計： 文宣設計： 特別演出： 舞台監督： 技術顧問：〔如有協助的老師或專業人士，可將其列為顧問〕 舞台技術執行： 音響技術執行： 行銷企劃： 舞監助理： 導演助理： 舞台助理： 支援團隊：〔志工或相關協助者〕	

感謝中國文化大學舞蹈系提供

附錄一

演出籌備表

製作舞蹈演出是一件有點複雜的事情

　　製作一場舞蹈演出是比較複雜的事情，每個學校或藝術團體的情況不同，下面的「演出籌備表」是以4個月為週期，為大家說明籌備期間，在行政工作上管理與執行的工作項目、執行時限（需要展開工作的deadline）、所需時間（將耗費的時間）及製作籌畫的工作內容，給有需要的朋友參考。

演出籌備表

製作籌劃 工作項目	執行 時限	所需 時間	製作籌劃工作內容	
前制籌劃期 確認節目型態	演出前 1年或 4個月	14個 工作天	1. 確定節目型態、題材或形式 2. 預期時間與場次 3. 是否巡迴 4. 預算考量 5. 人力分配 ※方便進行相關補助申請	創意發想 企劃書 預算表 尋求贊助
演出內容規劃				
場地預約	演出前 4個月	14個 工作天	1. 場地條件評估 2. 場次安排 ※查詢場地使用規定，準備申請所需資料，進行申請	
預算編列	演出前 4個月	7個 工作天	1. 了解預定製作費用與資金缺口多少 2. 計畫申請哪些單位補助，補助費用多寡（公家單位、私人邀請合作） 3. 規劃邀請性質贊助 4. 票房制訂 ※場地是否有與包廂或部分包場所需配額	

製作籌劃 工作項目	執行 時限	所需 時間	製作籌劃工作內容
演出節目篩選	演出前 2個月	7個 工作天	※確定演出節目，有助於 人員調配
準備期	演出前 2個月	30個 工作天	1.確認演出場地、練習場 　地（14天） 2.確認是否有需要額外舞台 　設備、舞台道具（14天） 3.確認工作人員工作分配 　（14天） 4.進劇場時間（14天） 5.劇照拍攝（3天） 6.美術設計（海報、節目 　單）（7天）
宣傳期	3個月	60個 工作天	1.實體與網路宣傳 2.記者招待會安排
演出日	前1個月 至演出 前1日	30個工 作天	1.交通安排（人流及物流） 2.便當安排、住宿安排 　（巡迴演出） 3.演出人員合成與彩排 4.召開新聞發布會

附錄二

製作舞蹈演出相關的事

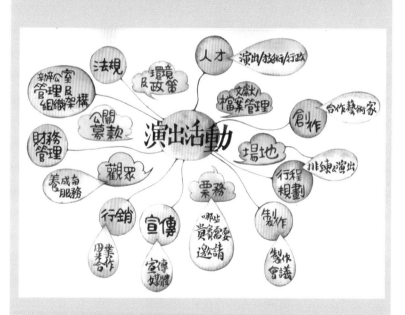

本圖參考「2014表演藝術行政人才培訓」專講人杜惠萍《表演團隊管理的萬般事》

附錄三

涉外舞蹈演出的辦理

　　本圖參考「2014表演藝術行政人才培訓」專講人杜惠萍《表演團隊管理的萬般事》

附錄四

前台與場內執行SOP流程

前台執行流程參考範例

工作前的注意事項

1. 確認好集合時間，確認工作夥伴名單
2. 工作時需穿著黑衣、黑褲（或統一服飾）

到達演出場地時

1. 布置大廳包括櫃檯（如外頭有下雨必須準備傘架）、依活動性質張貼公告類別（例如：禁止獻花、禁止飲食等）
2. 領取無線電對講機（與主控室及場內確認是否通暢）
3. 領取電視的遙控器與工作名牌

4. 與活動方前台負責人溝通確認檢核表

5. 開演前一個半小時團隊開會

6. 布置外場桌椅並確認擺放位置。張貼海報需用「無痕膠帶」進行張貼，待活動結束時回復原狀

臨近演出時

1. 開演前三十分鐘開放觀眾入場

2. 開起外場大廳的電視螢幕

3. 開演前五分鐘詢問主控人員或者後台「是否準時開演」

4. 開演前五分鐘，前門需關上半扇門或全關（讓觀眾知道演出即將開始），引導至後門入場

5. 開演前三分鐘，回報主控場外觀眾進場狀態，「是否準時開演」

演出進行時

1. 演出時必須在側門管控觀眾的進場

   *演出開始，提醒觀眾若欲入場需等候每首節目跟節目之間換場時才能再入場

   *如有人表演中途要進場，那也是要等到每首節目

表演完後才能開門讓觀眾進入

2. 如有需要請記錄觀眾人數

演出結束

1. 前台大廳與櫃台要負責還原

2. 關電視

3. 無線電對講機還回借用單位

場內執行流程參考範例

工作前的注意事項

1. 確認好集合時間，確認工作伙伴名單
2. 工作時需穿著黑衣黑褲

到達演出場地時

1. 確認貴賓區、攝影席、殘障席，如有需要請進行張貼
2. 領取無線電對講機（與主控室及前台確認是否通暢）
3. 檢查環境清潔與安全逃生門是否暢通
4. 與活動方前台負責人溝通，確認活動內容。如：
   a. 重量級貴賓座位、貴賓安排。
   b. 是否有表演者要從觀眾席進到舞台，或是表演者要從舞台區進入到觀眾區。
   c. 其他
5. 開演前一個半小時團隊開會

臨近演出時

1. 開演前三十分鐘開放觀眾入場
2. 指示觀眾座位區
3. 帶領貴賓進入座位區
4. 禁止觀眾攜帶食物、花束入內
5. 隨時觀察觀眾席觀眾，保持場內通流動向

演出進行時

1. 入場門必須全關上且上鎖（中間觀眾須由後門進場）
2. 演出時必須在側門管控觀眾的進出
   *如有人表演要離開，須請觀眾由後門離場
3. 如有需要請記錄觀眾人數
4. 注意場內觀眾是否違規使用相機或手機拍攝演出節目，如有發現需予以制止

演出結束

1. 檢查觀眾席環境清潔
2. 無線電對講機還回借用單位

舞蹈演出製作的經費預算該如何規劃呢？

　　財務的預算規劃是一個很複雜的問題，大部分舞蹈專業的大學生都是摸著石頭過河，多多少少會有算錯賬，然後自己掏腰包的慘痛經歷，究其原由不外乎兩個毛病：一、是想得太少，花得太多；二、是帳目瑣碎，沒有即時記錄導致帳面缺漏。下面有幾個簡單、通用的經費預算案例，可供大家在一般情況下使用。

附錄五

舞蹈演出製作的經費預算規劃方式

經費支出內容說明

項目	內容（支出）	單價	數量	小計	說明
舞台設備	演出場地租用		X場		舞台場地含貴賓室及練習教室
	燈光設計		一批		
	燈光音響		一批		燈光音響租賃
	服裝、道具		X套		
	場地布置		一批		活動背景板、舞台搭建及布置等
	運費		一批		
業務費	文宣設計		一批		
	印刷費		一批		海報、DM、節目單、邀請函、橫幅等
	文創品		一批		T恤、茶杯等
	攝錄影		一批		
	宣傳費				

項目	內容（支出）	單價	數量	小計	說明
人事費	指導費（編舞費）		X人		
	舞台技術人員		X人		
事務費	保險費		X人		公共意外責任險（100人計）理賠一人兩百萬，最高兩千萬
	交通費		X趟		大巴車、計程車
	茶點費		一批		點心、礦泉水、茶、咖啡、果汁
	餐費				工作餐每人X元X人A餐 記者招待會餐費X,000
	禮品費				20份貴賓、記者禮品
	醫藥箱				
	音樂版權費				
	雜支（6%）	X,000			文具、郵資、通訊費等
小計					

※1.以上經費項目可視演出單位實際需要逕行採購，並檢具核實報銷。

2.為配合出席記者會，相關費用請編列於表內。

3.預算表內單價與數量，請務必填寫。

項目預算分配說明

經費分配	項目	百分比
租賃費	劇場場租	依據各場館相關規定
	服裝租借	編舞者自行負擔或有補足，可依照各班或單位規定實施。
	布景租借	編舞者自行負擔或有補足，可依照各班或單位規定實施。
設計費	宣傳品設計	不得超過總經費百分之十
	劇照拍攝（含舞者照）	不得超過總經費百分之三
	服裝設計（服裝製作中有時包含設計費）	不得超過總經費百分之三十或編舞者自行負擔或有補足，可依照各單位規定實施。
	舞台設計	不得超過總經費百分之五
	錄影、攝影	不得超過總經費百分之三
製作費用	燈光公司（常含燈光、音響租借等）	不得超過總經費百分之二十
	特聘編舞者酬勞	實報實銷
印刷費	海報、DM、節目單	不得超過總經費百分之十
旅運費	車費	實報實銷
	道具運車費	實報實銷

經費分配	項目	百分比
膳食費	演出工作餐	依申報單位規定，每人每餐的報銷為XX元。
	排練茶水費	實報實銷
住宿費		實報實銷
雜支	郵電、文具、雜物	不得高過總費用的百分之六

　　以上所編列是依照班級展演或學校舞團實習演出時狀況提供，如為專業舞團者在舞台設計與服裝設計等部分，費用比例先將會有所差異，以上數字僅供參考。

下 篇

舞蹈管理相關論文收錄

Topic 1
舞蹈管理概念研究

　　藝術管理作爲一門新興的學科，它誕生於上個世紀60年代，爲適應大時代語境、工業生產的理念而成型。然而隨著時代變遷，根據藝術家、藝術品與藝術受眾的實際需要，藝術管理逐漸脫離藝術工業化的誤區，走向符合藝術生產規律的道路。

　　在中國歷史進程中追索，舞蹈管理的痕跡無處不在，從原始先民以舞驅邪、打鬼、教化、健身，先秦時期的紀功之舞，周公制禮作樂，漢代百戲興起，三國以舞相屬，隋朝「太常寺」，唐代燕樂舞蹈與「教坊、梨園」，宋朝瓦舍、勾欄，明代《祭孔樂舞》，清朝禮部下設「教坊司」……在特定時期的政治或社會需要的引導下，舞蹈透過不同目標的管理行爲，在各個歷史時期均體現出舞蹈作爲文化的一部分，其中無論是繼承、教化、娛神、娛人，管理工作都是使其完善必不可少的組成部分。也就是說，單有舞蹈藝術家或舞蹈教學者並不足以使舞蹈的傳播幅員遼闊，單靠舞蹈家的表演和教育家的傳承，也很難讓這些舞蹈名留青史，至關重要的一個環節，非舞蹈管理的實際操作不可。可見，舞蹈管理的工作，自古以來並不將自己侷限在舞團的經營或演出的製作中，它的範疇除了包含舞蹈相關機構的行政管理外，舞蹈教育的規劃執行、舞蹈產業的行銷發展，都是舞蹈管理所涵蓋的部分。

　　參照藝術管理的理念，舞蹈作為該系統中的一個門類，其管理應以舞蹈為主要服務對象，並遵循舞蹈藝術之發展特徵。從概念上給予定義，廣義來說，舞蹈管理是在進行舞蹈創作、製作、銷售或教育、鑑賞、娛樂的任何一個過程中，透過有效的管理制度與方法，協助舞蹈完成其社會功能，並使參與者感到受用的一種舞蹈行政理念，其中包括公司經營的概念及內涵。狹義來說，舞蹈管理即為協助舞蹈順利完成演出的製作方法。

　　作業內容上，舞蹈管理的人事分工將創作、教學工作的主導權賦予藝術家們，而將製作、銷售與和觀眾有關的鑑賞、娛樂等帶有服務性質的工作組織，交付予管理執行人員。舞蹈管理雖為舞蹈服務，卻非一味地服從於舞蹈家，而是為藝術家提出有效的作業方案，找到一種可與其相互制約的共事模式，在創作上推動舞蹈作品的問世，在教育上優化舞蹈教學的品質，共同為舞蹈藝術的發展做出力所能及的實際貢獻。

　　舞蹈管理的概念，當它與實際應用結合時需關注幾個要點：

　　首先，**舞蹈管理作為一種制度，在制定上須根據時代的演變與社會的需要**。從較早於18世紀，由英國經濟學家

亞當・史密斯提出的「勞動價值論」，再到19世紀末美國科學家溫斯洛・泰勒提出的「科學管理理論」，人類對管理的認識，從史密斯發現凝結於商品中無差別的人類勞動而形成的價值，來確立每一個作業環節於產品中具有相應的重要性，到泰勒對管理效益的思考，提出科學而非經驗的管理準則，強調建立明確的、量化的工作規範，提高工作技能，承擔績效責任等觀點，都是管理論者根據時代變化，從實際需求中總結出來的管理思想。

在舞蹈領域中，拉幫於1945年曾建立「拉幫-洛倫斯工業節奏組織」，其中拉幫利用人體動作理論，對勞動工作、操作程式、工人訓練和業績考核等各方面，進行一系列的觀察研究，並提出適用的革新方針，解決了許多企業管理方面的問題[1]。因此，以制度作為先行條件的舞蹈管理工作，在規章訂立時需考量該時代在環境下，舞蹈於其所屬的社會背景中，所具備的人文特點與藝術特徵。也就是說，在社會對舞蹈管理工作有需求的前提下，當代舞蹈管理的責任分工、作業進度、績效考核、效益評判，應該以當下多數人（勞動者）可接受的規矩作為制度的標準，勞逸結合、賞罰並存、權力下放，並以社會對舞蹈藝術的

---

[1] 呂藝生著。藝術管理學。上海：上海音樂出版社，2004：11。

需求作爲最終目標，切不可仿照封建時期的集權制度，漠視執行者與受衆群體的自主人權，將舞蹈作品或教育視爲可複製的商品，從中謀取個人利益。

其次，舞蹈管理作爲一種方法，在使用上應考慮所屬人群的工作形式與作業習性。一個舞蹈從無到有，再到呈現至觀衆面前，無法省略地必須歷經創作-製作-銷售[2]三個步驟的作業，創作工作是後兩者存在的先決條件，從製作與銷售來看，確保「產品」品質是首要的。要使整個過程順利進行的前提，必須建立在管理人員對舞蹈創作規律有一定的了解，並且對舞蹈家能力存在絕對信任的方法之中。

舞蹈家不可能獨立工作，相對於詩人與畫家，舞蹈的產生不是編舞家面對舞蹈「素材」和靈感就能創造出來的，比較糟糕的是，這個以「人」爲媒介的舞蹈素材，經常在創作完成後，未經舞蹈編導的同意，便不可控制地發展成另外一種樣子（雖然這種發展不見得是不被接受的）。鑒於舞蹈素材的特殊性，舞蹈創作通常需透過人與人之間的合作來完成，即便是個人作品的創作，舞蹈家亦

2　森下雄信著。寶塚的經營美學。台北：經濟新潮社出版，2016-7：135。

無法避免與服裝師、燈光師之間的共事。更嚴峻的事實是，大多數的舞蹈演出，合成時間只是一天或兩天，這無疑使舞蹈家們與舞蹈管理人員感到壓力倍增。因此除了沉著、理性地完成各自的任務外，管理者為完成舞蹈工作所使用的方法（時間管理方法、人際溝通方法等等），則需要為舞蹈家預留足夠的空間。這裡說的空間，指的是在時間限制之框架中，管理人員須理解舞蹈家在作品需完成又未完成時，內心的糾結、急切，同時依然對作品完美程度的精緻追求，並把握好可彈性調節的時限；與舞蹈家交流時，預留可商討的餘地，儘量減少可能影響舞蹈創作品質之言語衝突的發生，尤其在臨演階段，無論是行政總監或舞台監督，對舞蹈編導與演員使用鼓勵性的認可，將比批評性的質疑更能優化舞蹈管理的工作效能。

第三，舞蹈管理作為一種理念，它並不是完成舞蹈創作或教學的唯一法則，**管理者須接受與明白自己身處其中的位置和作用**。舞蹈管理工作可以成就一個舞蹈，也可以摧毀一個舞蹈，其中的一念之差在於所有參與者對管理工作的認可與定位。在現有見聞中，舞蹈家身兼行政（「行政」強調的是管理的執行層面）職務而成功的案例少之又少，這便是為什麼職業舞團會有製作人、經紀人或者發言人這些人事需求，也說明了舞蹈藝術確實需要被管理，毋

庸置疑。

　　許多舞蹈家都知道他們無法良好地完成創作與表演之外的管理工作，並且承認他們需要與管理人員共事；矛盾的是，他們的創作與表演，並不需要管理人員作爲他們的夥伴，而是需要管理人員作爲他們的「奴隸」，導致藝術家與管理人之間時經常出現「主事權」的紛爭。法蘭克福芭蕾舞團的管理工作者斯坦霍夫對於這一點，爲我們提出了很好的解決方式，「藝術家想要有能夠解決他們問題的人，能夠幫助他們走向成功的人，他們可以隨心所欲地對待的人。我可以給予那些正走進我所從事的管理工作的人們主要建議是：抵抗這種趨勢——讓你的藝術夥伴自以爲是並隨心所欲的把你當做一個奴隸！[3]」各自完成自己的工作，才是二者共事的最終目標。

　　管理人員對舞蹈家的工作要求實際上是苛刻的，但這並非允許管理者可以以自我爲中心兀自決斷，而是提醒管理人員應秉持對舞蹈工作的熱情，對編導和演員予以足夠的理解、贊同和信任，唯有如此，舞蹈與管理之間才能脫離相互利用而成爲彼此的幫助，管理也才能成爲一種被需

---

[3] Linda Jasper Jeanette Siddall主編。張朝霞等譯。舞蹈管理-現狀及發展趨勢。北京：知識產權出版社，2012-6:53。

要的有效理念，牽引著舞蹈藝術的發展。

舞蹈需要管理，我們強調的是作為一種「進入舞蹈」的應用型理論知識，舞蹈管理只能產生在舞蹈家對管理工作感到有所需求的前提中，反之，舞蹈管理工作所制定的規範和所使用的方法，將會揠苗助長，成為消磨甚至摧毀舞蹈創作生機的禁錮條例。

舞蹈管理所涵蓋的範疇，其工作內容按舞蹈作品生產之規律，需經歷藝術家的創作、管理人員的製作，以及「舞蹈產品」的銷售三個過程，這三個過程的順序可以相互調換，也可以彼此重疊，具體安排須以實際情況為考量，如經典作品的常規性公演，有可能使三個步驟同時進行；而全新原創劇本的演繹，或者教學中的成果匯報，則通常由管理人員的製作先行。

一、對舞蹈創作的管理

舞蹈管理必然包含對舞蹈創作的管理步驟，然而舞蹈管理卻要謹慎避免用制度化的思維去規範舞蹈家的創作。考量並接納藝術家們不同的背景與意見，聆聽藝術家們的主觀想法是很重要的，引用英國當代舞編導韋恩·麥克格雷戈爾（Wayne McGregor）的話來說，「尊重每一個藝

術家的選擇[4]」，減少使用效率或收益的相關用語去干擾
藝術作品的完成品質與風格走向。相信你的舞蹈家夥伴，
他們工作時，有自己對時間使用的判斷能力，而且他們必
然明確地知道，觀眾正在走向劇場，何時他們必須「交
出」舞蹈作品。

　　舞蹈中的創作管理，管理的並不是藝術品，而是創
作藝術品的舞蹈家。舞蹈藝術以「人」作為唯一的載體
和最主要的媒介，它並不能像畫作一樣被長久地懸掛，也
無法像樂曲一樣被循環播放，它須由活生生的人來編創和
演繹，因此，如何在時限內順利地完成舞蹈創作的管理進
程，對「人」的管理是這一部分的核心。這裡的「人」，
指的是包含編導與演員在內的舞蹈藝術家們。

　　我們依然要回到「需要」中去探討，同時管理人員
要對自己提出兩個問題：「舞蹈家們需要什麼樣的管理
者？」「舞蹈家們需要管理者為他們做什麼？」

　　舞蹈家們需要什麼樣的管理者？在Linda Jasper主
編，北京舞蹈學院張朝霞教授翻譯的《舞蹈管理》一書
中，根據對英國幾個舞蹈團的調研，編導們對管理者素質

---

[4] Linda Jasper Jeanette Siddall主編。張朝霞等譯。舞蹈管理——現狀及
發展趨勢。北京：智慧財產權出版社，2012-6:35。

的肯定，多次通過「共鳴」、「贊同」、「理解」、「欣賞」、和「信任」等詞彙來表達，從這些詞彙中解讀，我們可以讀出一個關鍵字，便是舞蹈家們渴望與管理人員透過「合作」的方式，一起完成他們共同的目標。

確定共同的使命與具備共識[5]，在舞蹈創作的過程中，使「合作」從有形的方法變成無形的觀念，是Twyla Tharp從她的舞蹈工作經驗中所提出的合作前提，她和許多舞蹈家在著作或訪談中都曾承認，如果沒有管理人員，他們的舞團將無法正常工作；他們對管理的需求，實際上指的是在管理行為中，舞蹈家們對「制度」的依賴和贊同。

對制度的認可，將為我們回答「舞蹈家們需要管理者為他們做什麼？」這個問題，事實上對於舞蹈創作本身，管理人員什麼也做不了，但是管理工作可以使舞蹈家們明確地知道，他們在什麼時候應該去什麼地方、做什麼事情，而什麼事情是這一段時間內他們能做或不能做的。在昏天黑地的舞蹈排練過程中，有效的制度將可以作為舞蹈家們工作規律的參照與保障。

---

[5] Twyla Tharp著。胡瑋姍譯。頂尖舞蹈大師的合作學。台北：馬可波羅文化出版，2011-5:41。

二、對舞蹈製作的管理

　　管理者通常將作業重點更多地專注在舞蹈製作（Dance produce）的細節中，具備足夠能力專業地規劃並執行舞蹈製作工作，亦是舞蹈家明確需要管理支援的實際因素。

　　製作是舞蹈管理中需要被落實的行政工作，一般分為企劃、執行、考核三部分，其主要內容為透過與舞蹈家的合作，提出活動企劃並有序予以執行，完成以舞蹈為主要形式的藝術活動。舞蹈製作所關注的工作內容以「事」為管理對象，對舞蹈行政相關事務之執行有嚴格的要求。

　　舞蹈製作雖然由管理人員規劃和執行，但首先需要與舞蹈家取得共識，考量舞蹈家的意願、精力與能力，從共同的願景和目的中尋找活動之目標，接著才是針對參與者實施策略性的管理，並撰寫有可行意義之企劃方案。

　　製作工作的開端，通常由管理負責人（行政總監）所提出的一份「企劃」開始。企劃撰寫的規範與方法，在5W2H和SWOT理論中，已為我們示範出一套簡潔又實用的思路，然而舞蹈企劃寫作的難點，在於如何將舞蹈活動之所要、所想、所能，用一種與舞蹈肢體全然不同的語言媒介──文字，來傳遞給他們所期待的閱讀者。因此，企

劃者要明確地知道，除了他自己和參與企劃的舞蹈家，資源的決策者和工作人員將透過對企劃書的閱讀，判斷他們對該活動的投入程度、角色、時間以及方式。

　　舞蹈製作中對執行作業的管理，在進入劇場合成前與其他門類藝術管理工作並無太大差異，不外乎透過聯繫去協調各項瑣碎事務：召集藝術家（作品）與贊助商（資金）、尋找切合藝術品特質的活動場地，隨後綜合前二者的情況，考量籌備週期與觀眾因素，進而訂定活動日程。簡單來說，這一部分的工作任務，即竭盡所能地促使藝術活動可以在天時、地利、人和的情況中出演，但實際操作起來，卻是一個需要經常反覆的作業程式。這個過程中的人、事、物牽一髮而動全身，管理人員必須不斷且不懈地在現實狀況逐個發生的當下，即刻實行預設的備案（若無備案則使用危機處理方案），這對管理人員來說，需要有相當穩定的應變力和執行能力。

　　臨演時期的劇場工作中，舞蹈管理開始體現出它不同於其他的表演藝術特點，執行人員要時刻保持清醒狀態，即時與藝術總監或導演溝通，清楚掌握演員與道具上下場的次數、位置、情況，下一場的演員是否到位？是否搶裝？何時升降布幕？……劇場中的工作安排與進入劇場後的工作執行，舞蹈製作工作需要明確地把人與事的關係確

定下來，舞蹈演出的後台往往比你所預想的混亂，執行人員要隨時接受突發狀況的考驗。

三、對舞蹈銷售的管理

　　觀念保守的藝術家比較牴觸管理中將舞蹈拿去「銷售」的這個念頭，雖然他們知道藝術製作需要大量資金，然而將舞蹈視為「商品」，與舞蹈家們素來秉持之藝術信念恐怕有所差異，因此，舞蹈究竟是藝術品還是商品？這一點始終是舞蹈管理遭到藝術家排擠時爭論的首要議題。

　　從藝術行銷的角度來說，舞蹈藝術行銷的本質在於推廣藝術作品，並盡可能獲取經濟收益，但終極目標是為了喚起人們對舞蹈藝術的興趣，而不是以舞蹈去盈利[6]。舞蹈作為一種表演藝術產品，在生產的過程中，透過舞蹈家對自身藝術思想之實踐而完成創作，並經由管理人員落實行政工作，確保其順利執行。執行人員若具備相應的管理素質，熟悉舞蹈家的需要與舞蹈管理之特性，在製作過程中並不會干擾到藝術的純潔度；反之，良好的舞蹈管理工作能使舞蹈家更專注於藝術創作，提升舞蹈作品的品質。

　　管理用於舞蹈領域，首先得關注的是創造產品，然後

---

[6] 孫亮編著。文化藝術市場行銷。北京：文化藝術出版社，2008-5:12。

再去尋找合適的消費者，因此舞蹈中對銷售的管理，實際上是在舞蹈產品完成的基礎或構想中（有些舞蹈是未完成創作便開始銷售），進行舞蹈管理工作的第三個步驟。舞蹈銷售的作業內容，以「觀眾」作為管理的對象，而觀眾管理的工作又可分為傳送產品、對抗競爭、服務顧客三部分。

　　傳送產品即為宣傳，主要目的是將產品資訊傳遞給觀眾，其中包含了對產品進行包裝設計與選擇推銷的方式。作為表演藝術的一個門類，舞蹈藝術所銷售的產品並非舞蹈本身，而是觀眾觀演的體驗，若不考慮舞蹈家本身可能擁有的品牌優勢，對產品使用具有主題性、針對性的包裝，同時注意可使用的直接推銷管道，往往會成為獲得觀眾青睞的制勝關鍵。

　　銷售在市場中發生，自然離不開與同性質產品的對抗。舞蹈管理在對抗競爭中所要做的功課並不是擊敗對手，而是透過調研信息，系統地研究顧客的需求和欲望、意念和態度、偏好和滿意度等，從而採取行動來改善所提供的產品和服務，以使之更加符合顧客的需求。以顧客為導向絕對不意味著舞蹈家需迎合觀眾而改變創作，而是管理者應對產品的表現方式、定價、包裝、宣傳方式以及傳播方式做出更多的協調，讓舞蹈演出可以更貼切地反映出

觀眾的需要，並與觀眾的喜好生成共鳴，如此才可能在交易數量中有所突破[7]。

　　舞蹈管理的概念研究，本文僅從一個較大的結構去說明其內涵成分，實際上其中還囊括了很多不可思議的細節，如人事安排、作業分工等等，然而我們要認識到的只是一個觀點：當舞蹈家接受了管理者進入他的工作團隊，那就意味著兩種不同職業屬性的專業人士即將展開他們共同的作業模式，既是合作，舞蹈家和管理者便要收起可能阻礙工作和諧的任性與控制欲，確立彼此的共識，為了一個共同的目標甚或更大的願景而努力，如若二者之間無法進行合作，那麼管理工作隨即失去了實踐的意義。

　　　　　　　　本論文發表於2017北京師範大學國際創意舞蹈研討會

---

[7] 孫亮編著。文化藝術市場行銷。北京：文化藝術出版社，2008-5:16。

Topic 2

舞蹈管理在學校行政中的應用

　　學校行政中的舞蹈管理，其核心焦點在於教育特色的定位與教學品質的保證，無論對象是中、小學生或大學生，舞蹈教育的共同目的在於專業能力的培養，其中包含了舞蹈技術技巧與舞蹈文化知識的提升。舞蹈管理在教育領域的使用通常被稱爲「教務」，教務工作有很多細節，其中有招生、課程計畫、教學成果考核（對教師）、教學品質評估、考試檔案錄入，以及相關檔案的整理、保存等等。

一、舞蹈招生

　　招生的組織是舞蹈管理中比較複雜的一部分，這裡說的招生是經過考試才能進入的學校單位（相對的是不需考試就能參加的舞蹈培訓班），從招生簡章製作、資訊推廣、網路註冊、現場報到、評委邀請、打分、統分、核分，考場紀律組織、考生家長說明、考試成績公示⋯⋯等等，這一系列工作內容的細枝末節相當繁瑣，加上舞蹈招生有其專業相應的訴求，所以如果沒有提前做好規劃、妥善安排，很容易在招生現場左支右絀、捉襟見肘，繼而影響學校名譽和招生品質。

　　舞蹈招生跟一般入學考試有什麼不同呢？除了常規形式的試卷答題之外，舞蹈招生最重要的一個環節即爲專業

面試，學生們按總人數並考量教室大小分成若干小組，依序號逐次進入考場完成專業展示。由此可見，舞蹈招生對管理工作的挑戰，首先是**空間的需求和運用**。舞蹈招生需要不只一個足夠大的專業教室作為考場，還需要1～3個可供考生熱身、練習的備考教室以及更衣室，另外，不可忽略考生們排隊進入考場的地方，空間與地點也要安排合理，候考的學生不宜與考場距離太遠，以免延誤考試進度安排，但也不能過近，否則容易干擾到考場的秩序。

　　按學科需求選擇評委並列出適用的評分標準，是舞蹈招生為管理工作帶來的另一個難題。舞蹈面試沒有一定的標準答案，所以在邀請評委的時候，除了要考慮評委的職業道德、專業品味外，還必須對招生學校的辦學理念有一定的認識與認同，選擇評委實際上是對管理者「識人」能力的一次考驗。評委的評分標準如果跟管理者的期望相互共鳴，那麼所招上的學生便能接近招生單位的期待；反之，如果評委與招生單位管理者的意見相左，不僅所招上的學生條件難以符合該學校人才培養之需求，整個招生過程的氛圍也會令參與者惶恐忐忑、如坐針氈。因為不存在標準答案，舞蹈招生考試的評分方法也是千差萬別，管理人員需按照專業要求與考生人數，合理安排舞蹈面試的形式與時間，無論是按基礎能力考核專業素質，或是區分舞

種考察整體表現，是否有舞蹈技術技巧外的命題考試（如音樂即興、主題編舞）？如何評選優勝劣汰？都要提前與評委、考生（包括考生家長）落實傳達與溝通，並明確於文字檔案之中，作為歷屆之參照並待查核使用。

二、師資管理與課程計畫

招生考試是舞蹈管理工作用於學校行政中的一個起點，師資管理與課程計畫才是管理的決策者實現專業理念的用武之地。師資的引進和發展在舞蹈管理中是一門學問，特別是作為事業單位的學校機構，要淘汰一個不適任的教師十分不容易，舞蹈採取小班授課的模式，師生互動關係頻繁，教師的人格與成熟度會成為學生的模仿對象[8]。

舞蹈專業課程分為學科和術科，教師的專業特長也有不同的屬性，教師屬性的比重將會影響學校特色發展的走向，教學、行政、科研能力當然是師資引進的考核要點，但是師德和對舞蹈的熱情，才是一位教師是否符合這個崗位的基本準則。舞蹈是一門與時俱進的藝術學科，學科規模迅速擴大，但師資發展卻相對緩慢，這是當下舞蹈教育

---

[8]　秦夢群。學校行政。台北：五南出版，2007.9:71。

管理難以迴避的問題。教師教學的內容最忌老生常談、停滯不前，教師如何看待自己專業的「發展」很關鍵，如果教師對自己的專業領域數十年如一日般的畫地自限，學生也很難被培養成符合時代需求的現代舞蹈工作者。另外，根據學校方針的牽引，管理者對教師的引進以及教學行政工作的分工應多方面考量，謹慎做出決定，並且對已有師資採取相對公平的績效、薪酬管理，如此難以變動的人事結構，才會有實際發展的可能。

　　無論身處哪個職位，**舞蹈管理人員應具備至少一門舞蹈相關課程的教學能力和經驗**，如此管理工作才不會與學生的實際需求脫節，同時可以使管理人員盡可能地體會教師們的境地，為學生與教師們解決困難。管理人員如果缺乏舞蹈教學的親身經驗，便很難覺察舞蹈教育年級與年級之間課程銜接的內容、能力、知識、經驗是如何變化的，同時也無法清楚明確地呈現舞蹈課程計畫在學校／學院整體校務計畫間的關係與位置。如果舞蹈課程計畫被當做一種行政事務或例行公事來處理，課程計畫無法發揮引導教師進行課程與教學的功能，更談不上學生的培養與教師的發展，這種流於形式的計畫方案，反而會徒增教師的工作量，並在很大的程度上阻礙舞蹈教育的發展。

三、教學品質評估與檔案整理

舞蹈的教學品質評估不能用一般學科評鑑的方式來考核，不同性質的課程應採取相異的形式來考察，這對舞蹈管理工作來說並不難，但是對非舞蹈學科的行政人員來說可能有些匪夷所思。

舞蹈學生的成績高低雖然是客觀能見的，但是其中牽涉的主觀考量卻也是在藝術教育的情理之中，比方說有些學生天賦異稟，從一年級到三年級都是舞蹈專業技巧中的菁英人才，但是他所付出的努力和進步空間卻有限，不及那些資質中下、厚積薄發、越來越好的勤奮型人才，如果用一個帶有刻度的標準去衡量二者之間的優劣，不免有失公允，並且缺乏預見性。舞蹈管理人員首先要明白這樣的情況起因為何，然後以盡可能充分的理由，去說服非舞蹈專業的行政人員（有時候是我們的領導上司），讓他們了解並接受舞蹈教育教學品質評估的特殊性。

在認可並使用帶有主觀立場之考量去評估舞蹈教學的品質時，對舞蹈教師的教學評估也不能忽視，舞蹈教師之教學評估與學生的教學考核是不一樣的，現有對教師評估的範疇，按照大學科的思維方式，逐漸採用「量化」的標準來評估舞蹈教師的工作績效，這便是舞蹈教育在綜合院

校中始終被邊緣化的原因，會有如此情況的發生，究其緣由便是決策者對舞蹈藝術、舞蹈教育不夠重視或者知之甚少。

對舞蹈教師教學品質之評估，除了難以逃脫的量化標準外，事實上還應該對教師之意識有所考察，所謂教師意識，根據Robert E. Slavin在《教育心理學》（2004：122）中提出的，有意識的教師總是會思考幾個問題：首先，是學生在課程結束後能了解什麼？能做什麼？使學生成為有能力的個體有什麼作用？其次，教學中應該考慮學生所具有的哪些知識、技能、需要以及興趣等。第三，該課程在學科內容、學生發展、學習、動機以及有效的教學策略等方面所掌握的哪些內容，能夠用於實現教學目標？第四，哪些教材、技術、輔助手段以及其他教學資源有助於實現教學目標？第五，「我」如何評估學生達成目標的程度？第六，如果個別學生或全班沒有邁向「成功」之路，我該如何去做？我的補救計畫是什麼？

「匠人式教學」在舞蹈教育中比比皆是，以舞蹈演員為唯一標準去衡量學生好壞的狹隘政策已不合時宜。舞蹈教學不能單靠量化的資料來審查品質與成果，舞蹈老師的績效也不是根據得獎或專案、科研來說明優劣之分，這些看不見的意識，實際上是作為管理者應透過長期觀察，審

慎評估並引導教師趨近的方向，畢竟舞蹈教學有其特殊性的存在，不能一味地將對經典的臨摹視為評判標準，也不能濫用對後現代的追求而忽視傳統技法的傳承，二者之間的平衡掌控，便是管理人（特別是決策者）應予以思考的部分。

　　舞蹈管理事務中對於檔案整理的要求，與一般教育教學的管理差異不大，唯有在專業術科課程的管理上，因為舞蹈專業教學績效的衡量無法用文字一一詳述並記錄下來，因此通常會以照相、錄影的方式配合卷宗來統整，如此在歸檔方面雖然多了一道手續，但是這種影像、文字的檔案對照，若遇有教學評估或檔案複查的情況，眼見為憑，可以省略許多言語贅述的麻煩。

本論文收錄於北京《藝術教育》期刊2018.10期

行政人員必須學會的七件事

1.態度；2.延伸；3.管理；4.溝通；5.平衡；
6.學習；7.當下。

Topic 3

大學藝術行政人才培育規劃之初探

　　藝術行政管理人才之專業養成，為台灣表演藝術團體所迫切解決的課題之一。由於台灣表演藝術團體愈來愈重視這些觀念，經常引用商業中的理論基礎與實務作為旁證，卻對「經營與管理」之執行規劃之深度與認知度不夠使然（辛玫臻，2004）。

　　筆者為中國文化大學舞蹈系助教，學習舞蹈超過20年，從事舞蹈行政工作已13年。了解到台灣早期的舞蹈教育，除了為培養一群舞者走向國際去宣揚中華文化外，也在培養專業的創作者和表演者。80年代起舞蹈專業教育開始有動作分析、舞蹈美學、人文素養等為台灣培養出優秀的中生代人才。這些年來如文建會的「舞躍大地」舞蹈比賽、雲門舞集舉辦的「亞青編舞營」等都實質的鼓勵了編創人才的蓬勃發展，更多的舞蹈團及表演團體相繼成立，但藝術行政人才卻極缺乏。中國文化大學藝術學院特別為培養藝術行政人才成立兩組培訓及儲備「表演藝術行政與管理」、「藝術行政與法規」相關專業人才，提供學生於主科系外，還有第二專長的整合性學程學習，提升學習興趣，增加學生就業競爭能力。

　　由於創意經濟的時代趨勢及文化創意產業的發展，創意人力培育以及學校與產業連結，為近年來的教育政策重點。行政院（2009）提出「創意台灣—文化創意產

業發展方案行動計畫98-102年」，針對台灣文化創意產業SWOT的分析指出：在弱勢（W）方面，藝文界缺乏整合、行銷與管理人才。由於文化創意產業的核心資產在於「人」，同時也牽涉到創意人才和理性經營人才的培育。因此需持續扶持藝文產業之新秀，以培養兼具文化內涵、創意思考及產業經營能力的跨界人才（黃美賢，2011，行政院，2009）。在大學課程中提前讓學生具備藝術行政相關職業能力與職場接軌，順利進入文化創意產業中從事藝術相關之行政工作。

　　本研究將透過文獻蒐集探討、現況回顧以及SWOT等研究方法，進行分析中國文化大學藝術學院所規劃之跨領域學分學程中「表演藝術行政與管理」、「藝術行政與法規」課程的優勢、缺點、機會、威脅等問題加以分析，給予新的思索角度，提供藝術行政人才培養規劃參考與修正。

　　辛玫臻（2004）提到藝術活動往往反映社會文化的精緻面向，面對新世紀的競爭，唯有獨特風格的文化發展，才能建立世界性的溝通。台灣近幾年，在藝文界發出「文化產業化」的聲浪，一方面認為文化藝術的多元創造性與制度化管理無法相融，而掙扎在創作與經營之間；一方面即使克服了心理障礙，願意建構分工精確的行政系

統，卻又遇到缺乏專業藝術管理人才的老問題。

　　台灣自2006年後密集出現文化創意產業相關之科系與藝術行政學位學程等課程，分別在21所公立大學或學院、24所私立大學或學院中分別成立，以應付藝術行政與經營人才的缺乏日益明顯的窘境。中國文化大學藝術學院也於正式教育體制中設立「表演藝術行政與管理」、「藝術行政與法規」學程，透過跨系所的整合課程，以雙軌方式實施，精實各系人才，以塑造文化創意產業人才培育為目標。

　　學程的特色：1.拓展對相關產業之視野，以豐富專業實務經驗。2.學程課程學費負擔少，隨課附修，無須再額外花學費學習。3.課程內容跨領域，修課同學有來自不同領域，思維與專長交流也跨領域。

　　「表演藝術行政與管理」及「藝術行政與法規」學程需修習學分之科目表對照如下：

表演藝術行政與管理學分學程課程科目表

科目名稱	學分	開設學系	課程
舞蹈概論	2	舞蹈學系	專業核心（4-6學分）
戲劇導論	4	戲劇學系	
音樂概論與賞析	2	音樂學系	

科目名稱	學分	開設學系	課程
表演製作	2	舞蹈學系	專業進階 （至少6學分）
舞台管理	2	戲劇學系	
藝術行銷管理	2	音樂學系	
演出行銷與票房管理	2	戲劇學系	
演出製作管理	2	戲劇學系	選修
藝術概論	2	舞蹈學系	
奧福教學法	2	音樂學系	

藝術行政與法規學分學程課程科目表

科目名稱	學分	開設學系	課程
美術行政管理與實務	2	美術系	專業必選修
藝術行政與企劃	2	國劇系	
法學緒論	4	法律系	
文化創意產業專題	2	美術、國劇系 （則一修課）	專業選修
台灣近代美術史	4	美術系	
戲劇製作	4	國劇系	
當代戲曲	4	國劇系	
民法總則	4	法律系	
著作權法	2	法律系	

　　表演藝術行政課程內容：以認識與學習「表演藝術類行政」為課程主體。介紹學習者學習如下內容：

1. 表演藝術類團體日常工作流程與工作性質規劃；
2. 如何資料整合；
3. 與私人個體或公部門接洽；
4. 公文與企畫案撰寫；
5. 經費編列與控管。

　　從中了解「企畫行銷」、「藝術行政」、「表演團體」之間的關係，進而促進單位內部的策略性思考與管理。使單位在演出製作過程能提升每次活動的曝光率，達成單位與活動本身的知名度。並由藝文相關活動認識「票房」的意義與目標，從票房結構規劃與制定的原則中，認識「票房」與製作成本之間的相對關係，以做為編列演出活動經費預算時的整體考量。

　　藝術行政與法規課程內容：主要涵蓋四個元素，包括表演藝術基本知識及管理相關知識，如對文化生態掌握、實務能力培訓與法律條例知識等。

　　結合SWTO之分析後可知如下結論：

Strength（優勢）

(1) 中國文化大學為綜合性大學，各學院有不同的知識領域，使學生可以得到較多的視野及經驗的分享。

(2) 製作課程與正式演出、課外展演活動頻繁，能讓學生有實務操作及調整組織及行政能力的機會。

(3) 私立學校學費較高，很多學生在校外打工，接觸社會較早，學生EQ素質稍好，對外應對反應比較靈活。

Weakness（劣勢）

(1) 高學費加上社會型態改變，學生校外打工雖然加強了人際的互動，但相對也減少了學習的時間與熱情。

(2) 目前多數學生基本倫理素養不足，人際溝通能力欠佳，既使有好的意見與想法，也常實踐力不足而不被接納。

Opportunities（機會）

(1) 本校為綜合大學，資源豐富，多元的知識技術環境，透過跨領域及整合各系方式，可以發展出更好的合作模式。

(2) 「表演藝術行政與管理」、「藝術行政與法規」

學程增強學生對表演藝術產業或創業之知能，也提高藝術類學生專業學理與實務並用之優勢。

Threats（威脅）

(1) 環境的改變造成學生打工時間過多，使既定的工作無法如期完成或品質不佳，影響其學習成效。

(2) 近年各大專院校，成立專門培養藝術行政科系人才的課程，然競爭激烈，且僅有20學分內的學程學分，相對較為不足。

在結論之基礎上，筆者提出如下建議：

茹國烈（2013）於《文化論政》一文中提到藝術是以人為本的事業，藝術行政人員的工作不應是「行政」和「管理」藝術。一個優秀的藝術行政人員，他其實是負責領導所屬的藝術團隊。他應該擁有以下的能力：

(1) 創新方向的能力：創意不單在作品中，藝團的定位、節目的策劃，都需要創造力。

(2) 閱讀環境的能力：理解政策，審時度世，了解藝術在社會的角色。

(3) 欣賞藝術的能力：要知道什麼是好作品？什麼是壞作品？因為每個行政決定都牽涉藝術。

(4) 推廣說服的能力：要能用一般人的語言來推廣藝術，成為藝術的傳道人。

(5) 行政統籌的能力：這是執行力，是行政工作的核心。

(6) 教育訓練的能力：培養觀眾，訓練團隊，行政人才需要是個好老師。

藝術行政所涉及的除企劃案書寫及對內外的溝通能力外，語文能力也要好，IQ更是要好。而適應力、發想力、研究、企劃、執行、公關、美工設計、會計財務、統籌以及科技等，是從事藝術行政者必須有的能力，隨情勢調整工作方法和態度。以上的各點是課程中所缺乏的，都需要邊做邊學。建議除學習專業課程外，也能新增「實務實習」課程，以補教學中之不足的實務經驗。

本論文發表於2013北京師範大學國際創意舞蹈研討會

Topic 4
舞蹈管理課程模式初探

　　舞蹈學科中，專業課程理論與實踐之間有所相悖是比較明顯的問題，而如何結合文化課程的應用知識於專業實踐課程中，則是舞蹈教師們遍尋其法，不斷想要突破的瓶頸。舞蹈學科以舞蹈為研究對象，有時不免受限於舞蹈載體之特殊性，囿困於技術技巧的迷思之中，而被剝奪了對理論應用的思索與專注。從綜合性大學舞蹈課程設置的角度來看，舞蹈專業之文化課程，除了繼承自學科結構中的史論類科目，近年來應用型理論課程也逐漸受到重視，「舞蹈管理」便是其中的一種。

　　舞蹈管理所管理的內容，是一台舞蹈演出從無到有，包含了企劃―執行―檢驗的過程，以績效為目的；作為課程範疇的舞蹈管理，其「管理」的內容便擴大到計畫、決定、組織、溝通、領導、評鑑歷程的應用，在這樣一種課程內容的基礎上，舞蹈管理課如果缺乏與實踐的結合，或是學生毫無實際操作經驗淪為空談，那麼這種光有概念的管理課是存在缺陷的。

　　作為理論課，設立於舞蹈學科之中的舞蹈管理課程，以舞蹈作為主要關注的對象，一邊執著於舞蹈作為表演藝術的創作特性，一邊摸索著舞蹈作為藝術管理的市場訴求。舞蹈管理課程模式的特點，受到舞蹈以「人」為藝術載體之特殊性的影響，決定了它將使用有別於傳統填鴨

式的教學方式，而課程內容必須圍繞著「人」爲核心。也就是說，作爲理論課程的舞蹈管理課，主要目標不是以「事」的績效性強弱作爲判斷，或考核學生們能夠背誦出多少國內外的知識點，而是考慮到學生如何透過實踐，積累出屬於自己且可應用於實際作業中的操作方法，而這些方法必然包含了舞蹈管理相關概念和知識。

在這樣一種特點下，舞蹈管理課首先應該剔除傳統文化課以考試爲導向的課程管理模式，而採取以學生爲核心的發展導向課程管理模式，一來可以提高學生對課程的興趣，二來也能使專業課程的理論與實踐在操作經驗中逐步結合。發展導向的課程管理模式是一種相對自主的課程方式，舞蹈管理既以「使舞蹈作品呈現至觀衆眼前」（製作舞蹈演出）這個過程爲課程內容，那麼著手操作這個內容便是更符合教學方針的課程方式。

學生將來可以成爲什麼類型的人才，端視他們此時此刻獲得了什麼經驗，如果把舞蹈管理課程的教學視爲一種直線式的供需關係，就會在這門課程中不時阻絕了他們積累寶貴經驗的機會[9]。以學生爲核心的發展導向型課程管

---

[9] 肯·羅賓森著。黃孝如譯。讓創意自由。台北：天下文化出版，2011-8：87。

理模式，從課程設置、課程標準的制定，皆由學校與教師群體根據專業和本門課程內容的特性自主完成，在課程的組織與實施上強調學生個性化的發展，因此它沒有一個絕對固定的模式。相對來說，這種全然開放式的課程管理模式，目的在訓練每一位學生自我管理的能力，也就是透過這種開放式的課程，讓學生從實踐經驗的潛移默化中獲得自我管理的習慣。這種管理模式對課程參與人員的綜合素質要求較高，特別是教師在實踐參與中的程度把握。

雖然發展導向的課程管理模式著重參與人員自發自主的完成教學進程，但是在符合學校教育的整體規範下，明確教學目標與制定規則是至關重要的，它將牽涉到教學進程的流暢和完整性。既說發展導向的課程管理模式重視學生個性化的發展，以下便結合高校舞蹈專業學生之特點，說明該教學模式在實施過程中需要清晰把握的幾點事項：

1. 學生需完成自己訂立的目標

大學生常有「自己做主」的渴望，特別是在專業實踐方面，潛意識裡不太願意只是按照老師給的範本去執行，舞蹈管理課程的實際操作層面實現了這一種需求。透過舞蹈管理課程來完成一場舞蹈演出的製作，首先，學生們要知道，在課程實踐中所謂的「自主」，是在遵循一些基礎規範後相對而言的。也就是說，教師和學生都屬於參與人

員，但因教師最終掌握著評價的使命，因此教師和學生之間要懂得相互尊重，學生不可抱持得過且過的敷衍心態，教師也不該以考評成績作爲威脅的手段，這才是課程自主的首要前提。在這個實踐的團隊中，二者各自訂立的目標要相互尊重、共同完成，釐清什麼是教師該提供的資訊和資源，也要提前認識到學生可以自主決定的權限與底線在哪裡？

「目標」二字在學生自主的發展導向課程模式裡略顯功利，但實際上，目標落實在舞蹈管理的課程內容中不外乎兩個問題，一是你是否有意願和能力推出一場舞蹈演出？二是你將要做出一場什麼樣的舞蹈展演？第一個問題，教師可根據班級成員的情況與學生共同決議，然第二個問題教師應盡力放手讓學生去策劃與執行，方能使整個課程行進的走向更接近發展導向型的管理模式。

在這種教學模式進行的過程中，學生們自己訂立的目標要自己完成，爲自己所爲承擔結果，這是舞蹈管理中很重要的思想。既然是以學生自主爲主要模式的課程，學生就要把自己視爲舞蹈展演製作活動中的主要個體（無論是哪個工作層面），是有管理事務能力的成年人，而不僅是等待或完成命令學生，教師與學生在這個團隊中各有各的責任範疇，每一個人都是這個群體中不可缺失的一員，誰

也不能幫誰完成工作或承擔責任，如此才不違背舞蹈管理
課程選用發展導向模式自主性的核心理念。

2. 學生自己組建的紀律需自覺服從

　　將發展導向模式應用於舞蹈管理課程之中，有其必然
性的因素，這種多元自主的管理認為，沒有一套管理措施
可以普遍適用於每一個人身上，應當將管理的自主權回歸
學生主體，同時它肯定網路資訊的架構有助於促進管理實
踐，而這種實踐並非基於高懸的組織目標，而是根據學生
主體的內發需求而為，管理最理想的境界，即是讓主體有
意識地進行自我的管理[10]。

　　每個團隊中都有性格迥異的各種人，舞蹈學生因為受
到藝術教育內容的激勵，個性上不願意受到拘束，特立獨
行的追求，沒有照章辦事的習慣。但落在無論是舞蹈管理
還是課程模式的語境中時，建立一種共事的紀律氛圍是很
重要的。高校舞蹈管理課程在以舞蹈展演作為實踐內容的
時候，通常學生們會有雙重身分──一邊是舞蹈家，另一
邊是管理者。學生時期因為缺乏管理經驗，經常無法適當
把握創作和管理之間所占用的時間與精力之比重，所以到

---

[10] 張佳琳著。課程管理——理論與實務。台北：五南出版，2004-9：
　　111。

了臨近公演時難免會有只顧創作而不顧製作的情況。創作與製作的關係是什麼呢？關西大學森下雄信曾在其著作中提到，藝術品從無到有，再到呈現在觀眾的眼前，是一個「創作─製作─銷售」的過程[11]，這個生產線說明了藝術創作與製作是兩個各自獨立的環節，在時間上「創作先於製作」。在這個基礎知識的支撐上，舞蹈管理（課程）的參與者需要以完成共同目標為前提，組建相應之紀律來確保不必要之時間與精力的誤用。

在舞蹈管理課程中，紀律組建的內容包括了管理中的幾個重點：首先是**時間的管理**，時間的管理是一種制定詳細時間計畫並嚴格執行的作業模式，它可以使參與者認清目標全力前進，並且用更有效率的工作方式和溝通態度來減少過程中的時間浪費；其次是**目標的管理**，目標管理很關鍵的內容，是組織參與者對最重要的工作之優先順序有所認識，亦使得權責相合，提高舞蹈管理中的工作績效，目標是否達成是很重要的判斷指標，這裡的目標可以是每個工作組階段性的目標，也可以是所有參與者的集體目標；第三是**激勵的管理**，以班級成員為主體的舞蹈管理課程，當中人事結構的變化彈性較小，所以在這個過程中，

---

[11] 森下雄信著。寶塚的經營美學。台北：經濟新潮社出版，2016-7：135。

教師與各工作小組負責人所扮演的激勵角色很重要，激勵是與紀律相對應而存在的，激勵參與者們最大的意義便是「願景」的建立，讓每一個人在演出製作的分組工作中都顯得意義非凡。在高校舞蹈管理課程的實踐部分，激勵不一定是金錢或權力，它還可以透過有效的溝通、獎勵合宜、適時回饋、豐富工作內涵、協助達成目標等管理策略來完成[12]，礙於篇幅的限制，細節在此就不展開說了。

3. 使學生發現「自我」在整體中存在的意義

在舞蹈管理課的實踐活動中，帶領學生了解整個工作團隊的結構模式，經由引導使其認識自己在各工作崗位中存在意義，是教師在這個團隊中最重要的任務之一。舞蹈大學生經過專業化教育菁英模式的淬煉，習慣將自己的特長侷限於舞蹈專業能力之中，或以專業能力之優劣去判斷是否具有處理管理事務的能力，而忽略了舞蹈管理的每一個細節工作，都是鞏固舞蹈展演成功舉辦的「螺絲釘」，各有各自的意義，值得受到一樣的重視和尊重，缺一不可。

除了舞蹈作品的創作與排練，學生在課程中經常有等待教師給予指令的習慣，並以為只要有好的舞蹈就會有好

---

[12] 秦夢群主編。學校行政。台北：五南出版，2007-9：73

的演出，事實上則不然。完成一場舞蹈演出相關的製作工作，很多細節其實可爲可不爲，判斷關鍵在於上面提到的「你將要做出一場什麼樣的舞蹈演出？」學生們只有自己想明白這個問題，找到自己在管理工作中的歸屬，才有機會認清自己的天賦所在（舞蹈之外的天賦），進而獨當一面。教師在課程實踐中，應透過觀察和有效溝通，幫助學生探索其內在的創意和潛力，如此才能在舞蹈管理課程中激發出他們最好的表現[13]。

4. 教師與學生的身分轉換需因時制宜

發展導向的舞蹈管理課程模式，主要是透過一種開放式的教學形式，培養學生在管理工作執行上的自覺意識和自主能力。教師若習慣爲學生安排任務，或學生若習慣等待教師給予指示，那這一種課程模式所存在的優勢便會大打折扣，教學相長的事例在這種形態的課程中尤爲明顯。教師在課程中可以嘗試多聽學生的意見，鼓勵其進一步邁向自我設立的願景，盡可能較少地干涉學生正在執行的工作，但是並非置之不理，而是相對被動地旁觀，協助其發現問題，待到有情況出現，便可通過觀察與聆聽，準確爲

---

[13] 肯・羅賓森著、黃孝如譯。讓創意自由。台北：天下文化出版，2011-8：176。

其提供可選擇之建議，進而共同克服阻礙。

舞蹈管理的實踐內容，應該使舞蹈同時作為課程與社會活動之依存關係得到重視，其具有自主而不自足之特性，不但對學科中的其他課程會有影響，也會在社會網路中受到其他系統的牽動[14]。因此教師與學生在課程實踐活動中，需因時制宜變換角色，在與觀眾接觸的當下，師生與觀眾即刻轉換為主客關係，勿將舞蹈展演單純地視為一次的課程展示，觀眾沒有義務為一門課的作業買單。

課程管理是除專業知識外，教師對課程形式應有的思索，舞蹈管理課使用發展導向只是諸多形式中的一種選擇，教師應考量學校條件和學生素質來選取課程管理的模式。

總體而言，對缺乏經驗的年輕學生授課，可傾向該種課程模式的使用，無論是在經驗積累或思維開發上，都會有較大的收穫；經驗老道的學生，反而有機會能適應偏向理論性的傳統模式來教學，教師採不同的理論和案例說明，使之於課堂討論中觸類旁通。舞蹈管理課目前在國內尚屬新興學科，但卻是發展相當快速的一門，關於課程的

---

[14] 張佳琳著。課程管理——理論與實務。台北：五南出版，2004-9：117。

諸多思索，雖不適用於所有高校，卻也是爲相關案例積累有關材料，爲現下之課程發展做一個階段性的紀錄。

本論文收錄於北京《藝術教育》期刊2017.05期

Topic 5
舞蹈管理課程的創意從何而來

　　一談到「創意」，我們現在經常將它神話了，覺得創意是一道捷徑，覺得創意之人與眾不同。人們幻想著任何事一旦涵蓋了創意的元素，便有如獲得了更上一層樓的皇冠加冕，各種以創意之名領頭的活動風生水起，彷彿「有沒有創意」成為了一件事或一個人有沒有存在意義的評判標準。事實上，從實踐層面或從理論層面上而言……事情好像不是這樣的。

　　本文試圖將創意這個話題落到舞蹈管理課程的教學上，如果我們希望這門課在進行的過程中是帶有「創意」的話。很難預設切入的視角是站在教師的角度或學生的立場，因為在一堂舞蹈管理課程裡面，老師跟學生應帶有相似的熱情度與相同的責任感去完成他們共同的任務，當然，這要建立在「這是一門以實踐為基礎的舞蹈管理課」的前提之下。

　　下面我不是提綱挈領，而是分幾個小段談一談舞蹈管理課程中，「創意」將可能出現在課堂裡的一些角落：

「下手」是創意生成的基礎

　　藝術管理，包括舞蹈管理之類的課程，通常是作為理論課被理解和期待的，那些如星海般輝煌閃耀的成功案例、那些如神木般頂天立地的經典學說……對於大學生

和大學老師來說，在沒有經驗支撐的基礎上，要使他們在理論課堂中「對話」起來，只能用「彼此折磨」來形容而已，更無法去奢望會有什麼教學相長的機會出現了。如果你說創意就是想出一些新奇的點子，其實你說的只是創意當中包含的想像力而已，創意實際上是一個把新的構想付諸實踐的過程。因此，我認為大學的舞蹈管理課程創意生成的第一步，應該是**紮紮實實的**下手去做，老老實實做一兩場舞蹈展演（舞蹈展演可以說是舞蹈管理中最基礎也最核心的事件了），積累實戰經驗，如此才能規避紙上談兵的嫌疑。

管理課程的教學永遠需要案例的支撐，如果你希望這門課程進行得比較有創意的話，試著在有限的課程時間內，自己創造案例跟尋找案例，這是可以同步進行的。這樣的「同步」，比起用手指生硬的在互聯網上搜索，實踐過程中的各種探索往往更能讓學生領悟到一些適用的方法。在我們討論舞蹈管理的語境下，若想要學管理的理論卻不下手去做管理的事情，那將是何等荒謬的邏輯。

先知道你要做什麼，再來談創意

在知道舞蹈管理要做什麼之前，我們依舊要花點時間先談談什麼是「創意」。詞典上的創意，較多地從它被

理解和認知的方式去定義它，它被歸類爲一種抽象的思維或潛能[15]。但這樣的解釋太深奧了，它讓創意變得捉摸不定，好像創意是人類身體中的某種基因，隨時能夠被某種異能觸發，或著稍有不愼就會永遠被愚鈍的劣根性覆蓋一樣……。

我們沿著一個小故事，從另外一條路徑去尋找創意的身影：

一位父親告訴三個孩子：「天黑前，誰能花最少的錢把倉庫裝滿，我就把事業傳給他。」

到了傍晚，老大雇人運來一堆便宜的木柴，很快就把房間裝滿，父親覺得很高興。

不久，老二爲了節約成本，自己開車拉回了一車稻草，也把房間塞得滿滿的，父親覺得滿意極了。

最後，小妹一個人回到倉庫裡，身後卻什麼也沒有，大家覺得很疑惑。小妹領著大家走進空無一物伸手不見五指的倉庫裡，從口袋裡拿出一根蠟燭，點亮後，整個房間瞬間充滿了光亮，大家都非常佩服小妹的創意。

---

[15] 肯・羅賓森著。黃孝如譯。讓創意自由。台北：暖暖書屋出版，2011-8：24。

　　這個老生常談的故事，以目的為路標，為我們指出了創意的用處，可以說創意是人們為了滿足某種需求而出現的應對之道。[16]說白了創意只是眾多解決問題的方法之一而已，儘管這個方法使人覺得與眾不同，但它對問題需求的回應程度（處理問題的積極性），實際上是沒有差別的。

　　一門舞蹈管理課究竟要我們做些什麼呢？對大學生來說，答案不外乎指向兩種需求：一是好好製作一場舞蹈表演，二是好好編／跳幾個舞蹈。那麼創意如何帶著我們解決這些需求呢？客觀而言，創意解決不了這當中任何一個需求。給出這個答案的原因很簡單，就跟你問我要「小妹的蠟燭」來繼承父親的事業一樣，如果沒有父親的問題，沒有木頭和稻草，即使你能擁有「小妹的蠟燭」，那也僅僅是本末倒置的結果論學習法，錯過了思索、領悟過程，便不會有點亮蠟燭的瞬間驚喜。也就是說，創意並不是捷徑，相反的，它更常出現在所謂的「彎路」上，所以創意帶給一門舞蹈管理課最大的鼓勵，是一種更重視過程的自覺，這樣的自覺讓你不再等著老師「教」你什麼，而是跟老師一起「學」些什麼。如果你還要我說出那個「什麼」

---

[16] 薛良凱著。今天創意教什麼。台北：暖暖書屋出版，2012-9：15。

是什麼的話，那你等於又把自己堵回那個填鴨式結果定論的牢籠了。

學會尋找解決問題的方法

許多問題的解決方式不止一種，學會找尋到適用的方法，並自如地在它們之間做出抉擇，這是創意將在課堂中出現的第二次徵兆。

很多人自認缺乏創造力，這是我們教育的錯。[17]把每個問題都對應到一個標準答案，是上一代的教育方式，早已不適用於充滿挑戰的今日。舞蹈管理課程中，無時無刻都充滿了選擇，但不可能每個抉擇都蘊含著創意，創意通常能夠在某種需求強烈的時候突然出現（不過人們不一定能抓住），需求會產生強烈動機，動機能誘發察覺問題癥結的能力，一旦問題癥結被洞察，人們便能全力尋求解決之道。如果解決的方式夠漂亮，我們就會說它有創意。

創意，無論是創作或執行，其實都是一種巧妙處理事情的手法，創意就是這麼一回事。[18]

---

[17] 肯・羅賓森著。黃孝如譯。讓創意自由。台北：暖暖書屋出版，2011-8：76。

[18] 薛良凱著。今天創意教什麼。台北：暖暖書屋出版，2012-9：18。

　　我常常在課程的一開始，協助（有時候是半強迫）學生做出選擇，選擇自己或班級中的他人來作為某類工作的負責人，排除相互推卸責任的可能，同學們在舉薦的時候應認為，被舉薦者有相關的能力可以處理好有關事務，不得不說大多數「中獎人」都是趕鴨子上架，現學現賣，但有一種現象不容忽視，就是當同學們責任變重、變複雜，甚至超過自己的專業範圍時，他們都能「生出」許多平時看不到的能力與技巧。所以我認為，有時候一門管理課，或者一場舞蹈演出要想順利地完成，必須被某種壓力或限制因數牽制著，才有可能被較好地實現。

　　你如果問我「一個創意課堂怎麼能夠強迫學生去做自己不擅長或不喜歡的事呢？」我將回答：即使課堂上的創意能如流星雨般落下，倘若無人撿拾並將其執行，那麼創意將如同對流星許下的願望一樣，光是想像而已，夢想成真之日又遙遙無期了。

　　經過證實，人類大腦的本質是渴望不斷學習、接受刺激的，如同海綿吸水一般，為了求得生存，人們對新知識的渴望程度是不容小覷的。但是這種機制需要被觸發，需要跳出原有的框架……怕被老師「當掉」，可能是課堂裡最名副其實的觸發因素了。

溝通，轉化的力量

戴爾・卡內基（Dale Carnegie）說過：「做一個好的聽眾，鼓勵別人談論你自己。」相對於單向式地教學，溝通應被更廣泛地運用於這類管理課程當中，溝通可以彌補學生跟老師之間那些「我以為你知道」或「你應該會去做」的盲區，「以為」和「應該」是創意執行過程裡最容易使人錯失良機的念頭。儘管學生們時常流露出下意識的奴性，時刻等待著老師頒給他們任務和口令，但對此我總是令他們大失所望，流逝的光陰在此成了觸發自主學習機制的第二個因素。不同目的的溝通在這門課程裡是不曾間斷的，有時候是舞蹈編不下去了，有時候是場地被占了，有時候是誰情緒不好……層出不窮的各種問題，透過一次又一次的溝通，這其實是在訓練我們的「轉化」能力。

「轉化」是一件很神奇的事情，猶如望梅止渴一般，然而「轉化」的能力需要時間去練習，在這個時間內，我們要學習去看每一件事情的優點、學習認清事實的情況、學習將自己放在「較好」的位子上、學習將心比心，還要嘗試不要急著對每一件事情下定論、嘗試多去體驗不同的人生……說起來很容易，實際上難度很大，並且需要留意的是，轉化有兩個方向，一個是正面，一個是負面，這兩頭就如同海螺的兩端，一端讓你豁然開朗，並賦予你

巨大的感染力和執行力，另一端則引誘你鑽進漆黑的胡同之中，讓人意志消沉，毫無動力。說穿了，關於有效地溝通，進而獲得轉化的力量，只要時刻保持著「往好的地方想」這個念頭，總是會讓人有所突破的。可以說，時時向正面的轉化，絕對是孵育創意的溫床。

混亂與錯誤常常是創意產生的機會

每一場舞蹈演出的籌備過程，出錯是在所難免的，關鍵是當時的處理態度。如果你把它當做一次錯誤，那麼它就是眾多錯誤中的一個而已，如果你將它視為一個機會，那麼它就有可能是迎來一次創意登場的意外契機了。

人都有不願承認錯誤的天性，因此彌補過失實際上是每一個人的本能，並且人們時常於此處表現出極強的創造力。不是常說「失敗為成功之母」嗎？當然還是要儘量避免犯錯，但是當把握不好又騎虎難下的時候，斷然行動有時候也未嘗不是件好事。成功了，你將學會一種方式，並獲得莫大的經驗值；失敗了，也會得到經驗，說不定還能藉此找到了新的方法。

混亂與出錯常使人第一聯想到責任的歸屬，卻忘了亂世出英雄、不打不相識的啟示。混亂與出錯是給自己一個跳出框架的機會，但決定要不要跳出去，還是取決於自己

的想法。我很喜歡Steven Johnson的一句話：「從錯誤中汲取養分，雜訊讓人變得更有創意。[19]」每每叨念此句，我總想著……讓我學舞蹈，真是一個美麗的錯誤。

說了這麼多，學霸們應該一直在等著我將重點劃線、粗體標出來吧？

舞蹈管理課程的創意究竟從何而來呢？首先，學霸們請放下書本紙筆，關掉電腦手機，下手去做一場舞蹈演出吧，鉅細靡遺地操碎了心，積累了紮實的經驗後，你就會知道屬於你的創意要在哪一處開花。其次，親愛的學霸們，給你的強迫症放個假吧，不要糾結在改變不了的現實之中，不要急著去幻想那些理想的結果，不然，就真的很沒創意了。

創意，是學不來的。舞蹈管理課堂中的創意，只能靠學生與老師共同營造、相互啟發，這可能是理想教學中的激勵、誘導，也不排除實際操作上會有互招、逼迫的畫面出現。課堂能做的不是給予一個「怎麼做才有創意」的答案，而是提高創意到來的機會和頻率，但又不能排除失去

---

[19] Steven Johnson著。創意從何而來。台北：暖暖書屋出版，2011-11：103。

創意的可能，不過，這一次沒找到創意又如何呢？

本論文發表於2015北京師範大學國際創意舞蹈研討會

Topic 6

校園舞蹈文化產業
之特性初探

　　文化產業的形成不過十多年的時間，然而它在文化科技與社會經濟上的無限潛力，使它成為近年各國經濟發展的首選新寵。在藝術的領域裡，我們談起相關議題，難免引起傳統學派的諸多爭議，本文未提藝術活動的相關定義，並非惡意閃躲帶敏感性質之艱深話題，而是二者本為不同學科領域之關注點，有著不同影響面之實踐意義，所以便不在此多贅述。

　　從現今各個發展文化產業的國家來看，整體產業的發展必須有商、官、學（產、學、研）三方面共同的努力才有發揮潛力的可能[20]。大學校園雖不是學術界話題圍繞的核心，也非舞蹈精品的多產之地，然而近年來國內舞蹈專業系所紛紛建立，足見舞蹈專業等藝術文化教育逐漸受到政府與學界的肯定和重視。本文所提及之「校園」，指的是以設立舞蹈系所之大學或學院；帶有商業前提之「舞蹈學校」諸類不包含在本文言說觀點之中。

　　作為人才養育的基地，校園可說是舞蹈文化產業的搖籃。從教育學的觀點來看，舞蹈教育無疑是一種社會運動，它不僅作用於社會，而且受到社會的制約。我們只有充分了解它與社會的關係，才能找到它確切的社會位置，

---

[20] 李天鐸編著。文化創意產業讀本。台北：遠流出版，2011-5：50。

才能更深刻地認識到舞蹈教育的本質，發揮它應有的社會功能[21]。在這一本質基礎上，舞蹈教育絕對不能局限在專業的高閣之中，應該隨著社會形態的改變關注社會活動，並從中將教學與實踐緊扣在一起。

　　在消費的話鋒之下，無論是產業還是舞蹈，其中如果沒有「文化」的加入，便斷然失去意義，因此提及文化之處，本文採用《文化經濟學》中的幾個觀點，即「文化」在產業中具有的三種特徵：一為在生產活動中融入「創意」（creativity）；二是該活動涉及了「象徵意義」（symbolic meaning）；三則為該活動的產品含有某種形式的「智慧財產」[22]。只有在這三種特徵共存，並且在正面意義上的文化定義中，舞蹈文化產業在社會中或在校園裡才有探討的價值。

　　校園雖然非舞蹈精品的多產地，也不是舞蹈產品交易數額最高的地方，但不容置喙的是，青年學子將是整個舞蹈文化產業無論是製造或消費層面中最有潛力的一部分人群。本文以實踐活動為基礎，從基本架構說起，探討舞蹈文化產業在校園中的雛形，並歸納其所包含之特性，以校

---

[21] 呂藝生。舞蹈教育學。上海：上海音樂出版社，2000-04：13。

[22] David Throsby著。文化經濟學。台北：典藏出版，2003-10：6-7。

園人才培育與社會人才輸送作進一步的思考。

　　舞蹈文化產業的形成，是將原本屬於文化符號體系的舞蹈藝術置入經濟規則當中，其目的除了希望透過產業化的過程讓文化得以永續發展外，更重要的即是蘊含在文化產業背後新經濟的無限潛能[23]。因此，舞蹈文化產業的行為意義，便在於從這兩個面向出發去促進其模式機能之完善。

　　早期藝術專業教育的發展，受到傳統美學觀和西方社會菁英階級思維的影響，將「文化」劃出了「高雅」與「通俗」之差，就此，「文化」與「商業」的融合在這個前提之下彷彿沒有絲毫的可能。然而隨著時代潮流的演化、知識水準的提升、科技手段的進步、個人與整體經濟條件的改善，隨之帶動了整體社會形態的改變，「消費」不僅成為了人們在各個年齡與階層的普遍行為，同時人們消費能力的提高，也象徵著一個國家的發展與進步。無論在哪個層面，要想進入舞蹈文化產業的探討，必先了解其中的基本構成元素，「創意」、「產品特性」與「經濟潛能」即為使之屹立不搖的基礎架構[24]。

---

[23] 李天鐸編著。文化創意產業讀本。台北：遠流出版，2011-5：31。

[24] 李天鐸編著。文化創意產業讀本。台北：遠流出版，2011-5：34。

一、舞蹈文化產業之基本構成元素

　　首先，「創意」是舞蹈文化產業的本質，也是舞蹈文化產業的挑戰。我們可以對「創意」做一個簡單的定義，那就是「創造並生產出新的事物」。雖然現代舞蹈在發展的過程中提出的特性——「新的不一定是最好的，但一定是最吸引人的[25]」與此不謀而合，不過不可忽視的是，當產業作為文化的一部分時，其社會影響力、長效發展潛能與經濟效益是必須受到重視的，因此當我們在對「新的創意」作前期思考時，必然無法不考量它的這些方面。

　　台灣將文化產業定義為「源自創意或文化積累，透過智慧財產的形成與運用，具有創造財富與就業機會潛力，並促進整體生活環境提升的行業。」在這個基礎定義的前提之下，「創意」被列為此產業的首要本質與挑戰因素是不容置疑的，然而在舞蹈產業中，我們反覆面臨卻又視若無睹的問題，是強調開發創意之時，忽略了文化知識的積累，使「產品」常常流於膚淺，導致產業在建立之初便若曇花一現無法久續，殊不知，唯有在知識資本充足（相對於勞動資本）的前提下，產業才有機會為文化在經濟方面

---

[25] 歐建平著。外國舞蹈史與作品鑑賞。北京：高等教育出版社，2011-5：169。

「升級」。舞蹈作為三大原藝術之一，而文化產業元素中所囊括之「創意」，必須不違背藝術文化之特性與功能，也就是說，這裡提到的「創意」，應該能在基礎技術與知識成熟的前提下，用舞蹈的形式來使藝術完成傳情達意或宣揚教化的基本功能。

舞蹈作品往往不是一個人或單一類型人才能去完整呈現的藝術形式，它包含了編導、演員以及其他類藝術的專業技能與智慧結晶，因此在舞蹈文化產業中，我們所重視的「創意」還必須具備一種「合作」的特性。「創意」在此不應僅是個人靈光乍現的閃動，要做到產業的長期運行，確實需要人才之間的廣泛合作才得以維持。

其次，舞蹈文化產業的產品，帶有「即時性」與「服務性」的特質。「動作」，是舞蹈區別於他類藝術的本質特徵[26]，產業中的舞蹈並沒有「實體」，亦無通用普及的記錄法，因此難以被重複鑑賞或長期保存，然而這卻不影響它以「消費品」的姿態被人接受；相反，舞蹈的非物態特性，反而成為它作為產品的競爭優勢。舞蹈的「即時性」特質，讓它的每一次演出都會因舞者變換、演員狀態、燈光調節、音樂品質、觀眾反應……等因素的變動而

---

[26] 呂藝生著。舞蹈學導論。上海：上海音樂出版社，2003。

產生不一樣的呈現。

　　舞蹈的「服務性」特質，說明觀眾從舞蹈中消費的，是鑑賞過程中的情緒感染，屬於一種純粹的精神享受，同時也是一種不可觸碰、難以挽留的審美感受[27]。這個特性使每個舞蹈在發生時便具有獨特性，即使外在形態受到複製，其在產業中所建立的「產品服務」內涵也無法被嫖竊，在對於這兩種特質的認識基礎上，舞蹈文化的產品化進程亦隨即由此開展。

　　第三，經濟潛能雖是舞蹈文化產業的主要推手，但唯有文化活動可以把非文化的相關資金和資源，吸引到特定的城市與區域，經濟效益是接著文化活動而間接產生的[28]。文化是賦予經濟最大潛能的關鍵，在舞蹈文化產業的範疇中，我們已無法迴避去探討「文化經濟化」的問題。許多舞蹈編導（產品製造者）都會有這樣的經驗，當發現觀眾（消費者）對他們作品的關注度降低時，他們的應對方案，就是不斷說服觀眾接受本質相同（因為舞蹈不可能變成另外一種形式的藝術），但是「設計」（創意思

---

[27] 呂藝生著。藝術管理學。上海：上海音樂出版社，2004。

[28] 李天鐸編著。文化創意產業讀本。台北：遠流出版，2011-5：65、67。

維）不同的作品／產品，或者用其他的方式（如結合歷史、時事或明星效應等）喚起觀眾對作品／產品的興趣。可以說這是一種非常廣泛的趨勢，大多數的消費行為都在有意無意中被「文化化」了，文化在此賦予了舞蹈作品新的生命以及特性，同時提升了它作為產品的交換價值，如此一來，文化與經濟的關係才得以在產業中不斷地相互影響。

二、校園舞蹈文化產業之特性

本文以「校園舞蹈文化產業」為探討基點，目的在於以教育育人為前提，結合專業教育與社會實務，讓學生可以從校園實踐中學習對社會活動的關注度，培養其相關的執行能力，以適應將來的社會工作。與此同時，教育單位也可以在這個理念的基礎上，建立屬於自己的校園特色與氛圍。

文化產業的發展基礎為文化藝術教育體系，其負責培育文化產業所需的創意、知識人才，協助政府與企業體對產業進行研究與評估[29]。課堂知識的傳授行為不屬於產業活動，屬於教學行為的範疇；唯在創作或執行活動時，伴隨著網路科技，且因帶有「創意」的思維加入後而產生的

---

[29] 李天鐸編著。文化創意產業讀本。台北：遠流出版，2011-5：51。

一些行為，才是本文所關注的要素。

　　作為舞蹈文化產業模式的基礎，校園舞蹈文化產業在為產業整體輸送人才的同時，也在這個人才培養的過程中，形成了一種與一般文化產業不同的特性，其原因當然不外乎是校園作為教育的實踐基地，學生屬於高流動人群，產業運行中的主要執行者非全職人員，因此導致它通常以「專案」（project）的形式出現；其次在校園舞蹈文化產業的思考中，我們更是無法將經濟收益與文化影響等同起來，所產出之「產品」（這裡指舞蹈作品）雖然也受到市場的制約，但是在象徵層次上的意義，遠遠超出了一般文化商品的價值衡量。在校園裡，舞蹈文化產業應該具備如下特性：

1.對產品功能有不同的認識

　　傳統藝術始終迴避並排斥著文化與經濟之間的聯繫，用「雅」、「俗」的對立關係將二者涇渭分明的劃開。「藝術無價」的這個觀念根深柢固地滲透在教育活動的每個環節。然而當我們以「產業」為對象在探討主題時，雖然對於舞蹈作品能帶來的經濟效益投以高度認同，但並不表示我們磨滅了它所擁有的文化與社會功能，特別是當此產業還處於校園的結構模式中時，其主要功能應該在於人才（包括藝術創意、產業管理及其相關人才）養成方面，

而非泡沫的作品影響或短期的經濟收益，如果我們將其一切的價值簡化到只剩下經濟，那麼這將是此類研究衰敗的根本。

2. 過程重於結果

校園舞蹈文化產業所製造出的「產品」，不外乎是舞蹈作品、影音商品以及相關人才，其從作品到商品的轉換過程中，除了有行銷手段的介入外，實際上，「商品化」並未損害到藝術作品的文化功能。關於校園舞蹈文化產品的價值，我們無法用簡單的「使用價值」和「交換價值」去定論或衡量，就舞蹈作品的演出而言，無論編導是教師、學生或外聘專家，如果學生沒有參與演出或製作，那麼這個產品就失去了意義，正因為如此，還在學習階段的學生，便很難製作出「有價值」的作品（這裡的價值，是相對於職業舞蹈團體在附加了一系列商業行為所包裝出來的，並受到廣泛大眾認可的藝術作品）。因此，在校園舞蹈文化產業的領域中，相較於作品帶來的經濟效益或社會影響，學生在製作過程中所得到的知識成長或精神收穫（如情緒控制力、行政組織能力、責任心的養成與成就感的滿足……等），都是我們實際上應更多去關注的部分。

3. 無法用量化來衡量成果

在學校教育中，教師作為引導者雖是教學之關鍵，

但教師做了什麼事而產生的影響力，卻遠遠不及讓學生完成了什麼來得重要。在這個前提下我們提到「量化」，是因為在學校行政體系裡總無法避免用一種總結的態度來歸納教學成果。量化是針對於產品「庫藏」這個概念而產生的，一般是以影音產品（攝、錄影）的方式存在著，其主要目的在於產品價值的保存和延續，如果管理得宜，將會為文化產業帶來無限的生命。然而因為舞蹈帶有「即時性」與「服務性」的產品特質，也受到學生流動、受眾族群與版權的限制；一般的情況下，在學校裡已經「庫藏」的作品很少被重覆演出，很難有「經典」的形成。

如上所述，校園舞蹈文化產業的「產品」製造者皆非全職的產業運作人員，所以我們無法用「職業化」的標準去衡量它。從教師的角度來看，作品數的量化確實可以在數位的累計上為教學績效作出某種總結，然而從學生的立場看來，每製作完成一個作品，象徵著他們階段性的成長，但以四年作為一個週期不斷地輪迴，雖會偶因每一屆學生資質特長與培育重點不同而在表現以及效果上有所差異，但大抵仍維持在一定的影響範圍之中，所以在校園的範疇裡，產品量的增加只能說明教育單位在培育人才或處理相關作業流程方面的經驗積累，並不作為產品質的提高或下降之說明，因此，量與質的評價或上升，在校園舞

蹈文化產業的論說裡，相對缺乏些意義，而作品（包括學生與教師的創作）產出的穩定性，則更應該受到重視與討論。

4. 產品風格帶有校園氣息

在舞蹈表演中，「風格」是指藝術創作中所表現出來的一種帶有綜合性的總體特點，是識別和把握不同作家作品之間區別的標誌。校園舞蹈文化產業的特色之一，便是其產品帶有學生濃烈的青春氣息，校園青年尚無權勢利益、人事位階的枷鎖與牽絆，敢想敢為、自然率真，借由舞蹈的表現形式暢議抒懷，並且與時事緊密同步，與時尚密切結合。此類舞蹈風格的作品，有別於市場上諸類技法成熟、結構完整、思想深刻的主流作品，具有強烈實驗性質與探索精神，可表現並挖掘出教師與學生無限的創意潛能，因此雖難收穫較高的經濟效益，卻有望在校園以及同業、同年齡層中造成廣泛影響。

5. 人才帶有仲介性質

即使不談到產業，校園本身也是一個帶有仲介性質的人才培訓中繼站，校園舞蹈文化產業與一般文化產業正在共同面臨的一個問題，便是文化產業人才急劇缺乏的困難點，但從產業的角度來看，我們究竟需要哪一類人才呢？

　　如果視舞蹈文化產業有「創意」（產品）和「消費」（顧客）兩端，大家現在通常都在討論它的消費端——什麼樣的商品是有趣的？如何刺激消費市場？——但事實上創意端也需要這樣的理解力[30]。考量到創意思維的形成需要一定時間與經驗的積累，並且學生時期接觸實際市場確實有一定的難度，因此在這個階段，學校應該借由實踐活動去培養連接產品端與顧客端的仲介人才，讓他們有能力把創意變成一種服務或是商品。

　　在這個人才養成過程中，並非真正要他們去製造一個商品化了的舞蹈作品，而是讓他們了解到自己在這個文化產業網路中所處的位置。藝術家（藝術品）並不是處在社會的邊緣地帶，不是一個虛無縹緲的概念，反而應與生活周遭事物有著一定程度的聯繫，能夠做到什麼程度，就要看他們能不能在這當中找到自己的位置，並發揮自身的影響力，讓整個產業運作的更加順暢。

　　當學生還在校園時，舞蹈文化產業對其而言是一個夢想的雛形，舞蹈作品在這個夢想中源源不絕地被製造出來，而且從不缺人買單。在這個階段裡，因有學校與教師的庇護，使產業對他們而言可能只是簡單的製作與消費關

---

[30] 韓良露等著。文創進行式。台北：遠流出版，2011-11：154。

係而已。然而當他們真正獨當一面時，將會發現舞蹈文化作為一種表演藝術產業，它實際包含的內容要素與運作程式絕非如此，而是與社會活動在實踐上有所斷層。因此，為劃清謬誤，本文從文化產業的角度說起，舞蹈文化作為產業的一體，其應當具有「創意」、「產品特性」與「經濟潛能」等基本元素作為構成基礎。

在對舞蹈「即時性」與「服務性」之特質的認識下，舞蹈的產品化進程由此開展。「創意」是為一切產業的本質，也是舞蹈文化產業的挑戰。舞蹈所包含的「創意」，應該具有熟練的技術與成熟的知識，並且帶有一種「合作」的特性。同時還需要把握的基礎架構是，文化是賦予經濟最大潛能的關鍵，只有文化活動可以把非文化的相關資金和資源吸引到特定的城市與區域中，經濟效益是緊跟著文化活動而間接產生的，不是相反過來的。

本文探討舞蹈文化產業在校園中的雛形，並歸納其所包含之特性，旨在為校園人才培育與社會人才輸送作進一步的思考。現階段雖然多為探索性的言語，然而卻是開啟這個話題的第一步，釐清思路的同時，也時時督促自己——不要讓教學成果局限於校園之中。

本論文發表於2012北京師範大學國際創意舞蹈研討會

Topic 7

舞蹈文化產業園區建設
之人力素質研究

　　儘管有些人希望經濟論者可以把他們的髒手從藝術品上移開，然而藝術是由整體經濟體系的個人或組織所運作製造，因此勢必無法逃脫物質世界的牽制[31]。文化產業園區是文化經濟化的落實點，要建設一個舞蹈文化產業園區，了解市場（也就是該園區所存在的土地）的特性是首先條件；其次根據土地特性，考量周邊環境的情況與可利用資源，按照規劃的藍圖來建設並做出實質性的調整；接著也是最重要的，針對園區做出整體的、有效的管理[32]，這是實際操作上最困難的部分。

　　在中國大陸，「舞蹈文化產業市場」目前還算是一個比較「虛」的詞，為什麼這麼說呢？不可否認我們當前看到的是，現下這個「市場」裡多數的執行者仍處於「理論多於實踐、理想高於現實」的狀態，藝術家只管生產不顧經營，只貪新作不求經典，如此一來，前期投入成本居高不下，後期營收卻是曇花一現，所收受的（無論是經濟或是其他）效益無法用產業形態該有的持續性特徵來加以延續，達不到市場對產品「一次投入多次產出」的需求，使

---

[31] 詹姆斯·海布倫等著。藝術·文化經濟學。台北：典藏出版，2008-7：15。

[32] 徐中孟、李季著。世界文化創意產業園研究。台北：秀威出版，2012-5：4。

許多優秀的舞蹈作品變成了「一次性」使用的「不環保」商品。同時沒有商業圈的形成，缺乏正規的機構組織與律法保護也使其難以步入營運軌道，因此目前的「市場」裡少有長期的交易關係在維繫，觀眾對產品只是隨機消費而不是對文化品牌的認同，產業鏈支撐不起來，就更談不上所謂「文化園區」的建立了。

舞蹈文化產業與一般產業不同，它實際是透過一種建構消費群體的方式，達到藝術的普及化，透過藝術性方法使產業升級或是被大眾接納的過程[33]，只要教育者與執行者能夠認識到這一點，那麼「產學合一」的理念基本上已經實踐了一半。

舞蹈文化產業園區的周邊背景是市場（土地），人才（執行者）與顧客（消費者）是它有機存在的內容，商業圈的形成則是它所引發的經濟效益。不考慮政策因素的話，人才是產業園區建立的必要條件，然而素質與能力的缺乏卻使人力資源成為當中最貧困的一環。本文從大學教育的角度，進入舞蹈文化產業園區人才素質與能力的問題探討，暫離基礎理論的主題詮釋，聚焦應用理論之實踐原

---

[33] 黃光男著。詠物成金——文化。創意。產業析論。台北：典藏出版，2012-7：25。

則，摸索其中尚需強化的弱處。透過教學的理念與學術的探究，尋出通往舞蹈文化產業園區建立之蹊徑。

教育作為文化產業的基礎層面，應極力彌補當前舞蹈文化產業園區建設所缺失的人才素養及能力問題，而一個舞蹈文化產業園區的建立，當中的人才至少需要具備以下素質及能力：

1. 史論涵養

「文化」在各時各地有千百種解釋，廣義的「文化」與人類活動有關，包含著人們生活的方方面面；狹義的文化將定義縮小至「藝術」活動的範圍中，舞蹈產業中的文化則屬於後者。

這裡的「文化」指的該是有形的「文化產品」而非「文化價值」，是可屬的物質而非不可屬的精神，因為物質可以量化、可以評估，有產值與結果；精神層面則指知識程度，價值取向是質性的深化意涵，無法具體說出它的產量和產值。更進一步說，「文化產品」是一種有形的「價值」，以價錢多寡、數字上升或減量做衡量，並不完全取決於物化的實用，對於更高的品質要求，則是因應在

精神層面的滿足[34]。因此我們可以說，雖然產業中的「文化」須以物質的樣貌呈現，但它最終要傳達的仍是一種精神的意涵，既然它帶有精神的元素，其中必然要求知識的獲得、行為的規範，是可以累積爲歷史的、社會的普通原則，更是傳授下一代或作爲傳承的經驗模式[35]。行內大多經營者只顧華麗包裝，不識舞蹈歷史背景與理論基礎逕自胡亂推銷，更常有濫用術語者，斷章取義，牛頭不對馬嘴，使許多好的作品在行銷階段反而流於俗套，貽笑大方。

大多舞蹈科班生都未能對所學專業之史實產生認識，現下專業教育對文化的漠視使史論涵養成爲舞蹈文化園區人才匱乏的首要素質，大學教育的專業文化課程不應只是那些艱深無實用潛力的史論宣講，而應妥善規劃不同層級的教材，由淺入深，因材施教，並加入帶有「綜合性」的文化課程，這樣那些史論課程才有被社會適應的機會。

究天人之際，通古今之變，才有可能成一家之言。如何死史活用？如何把所學帶出課堂？是教師與學生可以去

---

[34] 黃光男著。詠物成金——文化。創意。產業析論。台北：典藏出版，2012-7：21。

[35] 黃光男著。詠物成金——文化。創意。產業析論。台北：典藏出版，2012-7：21。

共同找尋的奇跡。只有在沒有缺漏的知識背景鋪墊下，舞蹈文化產業園區才有可能在「正規」的藝術平台上立起腳尖，偉大的成就往往是一種新舊的綜合體，有了嚴格史論的支撐，創意才得以與歷史相輔相成[36]。如此一來，好的舞蹈作品也才有可能在真正意義上成為「經典」。

2. 管理能力

如上所述「針對園區做出整體的、有效的管理」，是一個文化園區建立在執行層面最重要也最困難的一環。「有效的管理」我們可以從兩個面向來審視它：一是產品製作，二是產品行銷。

產品的製作管理須對兩個管理重點做把關，那就是「品質」與「時間」。品質牽扯了產品與顧客之間的信譽與責任，一個生產機制想要營運的長久，其核心產品的品質遠遠比產量更值得重視。舞蹈產品的品質如何把關？這並沒有一個絕對的答案，但我們可以從反向來思考，並不是將腿抬得高、圈轉得多的作品就是好舞蹈，好的舞蹈要結合因時、因地制宜的文化（此處的「文化」指的是人類的生活行為與約定成俗的習慣）成分，並且具備使人的精神感到「幸福」的特質。因此有關產品製作的管理人才，

---

[36] Charles Landry著。楊幼蘭譯，創意城市。台北：馬可波羅，2008。

除了要詳知舞蹈創作的流程與可能會發生的問題外，更需要具備處理突發狀況的應變與引導能力，導引整個團隊在任何時候都不至過分地偏離方案設定的基準線。

「時間」是產品製作管理需把關的另外一個重點，一切經濟最終都將歸結為時間經濟，用經濟學的眼光來看，時間就是一種財富。無論行政執行或創意編導，「前鬆後緊」是大部分人「習慣」處理時間的方式，即使大家都知道行程需要提早安排，時間需要妥善規劃，但是「有效的」時間管理在這個產業中仍是一門知易行難的功課。

時間管理首先要做的是訂定一個準確的目標（包含階段性目標與總體目標），合理的安排時間就是節約時間，節約時間就是節約成本。接著必須經過「嚴格的執行」，管理才會發揮它的意義，同時要謹慎看待「階段性的評估」，評估不僅僅是單純的驗收或考察，而是對整個管理環節的審視，使管理者得以在必要的時候對執行方針做適當調整。最後要理性面對「成果的檢驗」，不卑不亢是一個管理者應該培養的性格特徵，一個製作流程的結束並不代表產品的完成，一件藝術產品只有在消費後並得到顧客的忠誠回應時，才開始體現出它獨特的文化價值。

文化行銷所著重推廣的首先是一種消費體驗，而不是

具體的某件產品[37]。文化產品的行銷，簡單來說就是管理
與顧客接觸的各種管道，它又可以簡單分成消費前與消費
後兩種形態。消費前行銷重視顧客管道的開發，消費後則
更重視與顧客關係的維繫。

對於顧客管道的開發，我們常常會用「廣撒網」的手
段來安撫管理者的不安，然而實際上這卻是一種相對來說
浪費資源的管道開關方式。「花最少的成本，收受最大的
效益」，這是各個產業的行銷理想，舞蹈文化產業的管理
人員也應該遵循這個方針。消費是主觀的，藝術家總是將
舞蹈設定為「全民共用」民生必需品，但實際上並不是每
個人都有這個「特殊愛好」，因此操作產品行銷的管理人
才，應具有敢於放棄局部市場的魄力與判斷力，帶著前瞻
性的眼光，循序漸進地對「目標市場」做出針對性的行銷
方針，如此才能為產品鋪墊穩健的消費平台，並幫助舞蹈
文化產業園區做好基礎的建立。

好的行銷管理者不能讓每一次的友善終止在消費行
為上，一個舞蹈文化產業園區如何與顧客保持長效的良
好關係？這個問題的答案建立在「研究顧客需求」和「分

---

[37] 孫亮編著。文化藝術市場行銷。北京：文化藝術出版社，2008-5：
14。

析觀眾」這兩個基礎行為上。與藝術家的「產品導向」不同，行銷人員應該處於「消費者導向」。行銷學中有一條最樸素的原理：「顧客是很難改變的，而組織本身則不然[38]」。只有改變組織本身來適應顧客的需求，才可以確保消費者的需求範圍始終在組織的監控之中。當然絕對不要將改變組織與放棄藝術理念劃上等號，而是應該激勵組織推出更多吸引不同觀眾群的節目。

傳統教育方針讓學生過分「專業」的理念是不合時宜的，「一專多能」才是比較貼近現代社會需求的教學目標。一個只會跳舞的演員只能待在舞台上，一個懂舞蹈又熟悉舞台製作管理的人則可以在台前幕後自在穿梭。單單在課堂上道盡所有管理原則都是空洞的，實踐才是唯一玩活這些理論的方法。所以舞蹈教育者應該要學會「放手」，相信學生有足夠的自立、自制能力，如此教育的意義才不會被架空，基礎知識才有機會蛻變成應用理論。

3. 公關思維

公關思維應該具備兩種使命，一是形象強化，二是觀眾培養。

---

[38] 孫亮編著。文化藝術市場營銷。北京：文化藝術出版社，2008-5：17。

　　公關宣傳與媒體是分不開的，而「炒作」又是媒體不得不用的新聞手段，這也難怪訴求「眞實」的藝術家會對此從骨子裡產生牴觸情緒。傳統藝術教育帶有一種「酒香不怕巷子深」的傲氣，然而他們忽略了這是一個資訊時代，人們被動地接受大部分資訊，並且被「新的」資訊所吸引。

　　公關的作用在於利用新聞對大眾產生影響，使大眾對產品、政策以及企業組織產生好感，公關行爲不一定能迅速提高產品的銷量，但它具有強化組織形象，提高產品知名度的潛在效果，能使藝文團體長期受益。因此公關不僅僅在產品銷售期間產生行動，它還需要整合時事與團體形象，適當地組織一些非盈利性質的活動，建立與公衆的良好關係。

　　一個文化產業園區的建立需要有公關思維的人才進駐，「公關思維」指的是一種製造新聞的意識與能力，他們應該認識到：對於消費者來說，單純的陳述事實是不夠的，大部分的新聞都不是自然「發生」而是人爲「製造」出來的，也就是傳播學上所說的「假事件」（pseudoevents）。「假事件」包括記者招待會、剪綵、示威、電視辯論等各式各樣經由精心策劃、設計出來的事件，它的目的就是爲了製造新聞，提高商品或藝文團體在

媒體上的能見度，進而達到宣傳、促銷某人、某物和培養消費者的目的，這便是公關人員最常使用的媒體操作策略[39]。

　　沒有一件藝術品不是為了受眾而製作，觀眾是藝術市場中最龐大的一群，他們發揮著支撐整個市場的作用。觀眾培養是公關活動的另一項重要工作，培養的目的在於品味的養成。如果我們只是依賴強力行銷的曝光度來說明大眾的品味，那麼我們就會陷入理想的危機世界裡。品味發展的途徑有兩種，一種是透過教育，另一種即透過公關活動。品味的提高除了有助於藝術需求的增長外，最大的益處是觀眾能夠從藝術欣賞中獲得更多的樂趣，一旦他們從中感受到了樂趣，他們才會付出更多時間和金錢，當他們自主地將自己置身於其中時，品味便會慢慢地養成。

　　目前舞蹈專業院校的相關課程很少涉及到公關思維的開發，它們更重視短期行銷的爆發力而非公關行為的長效潛能，除了意識的缺乏外，主要因素則為教材與案例的不足，產業中的「習慣性」尚未養成，理論在教育領域只能空轉，沒有實際的落腳點。解決的辦法沒有一個絕對吻合的答案，企業的支援、政策的介入、人才的培育都是可

---

[39] 夏學理等著。藝術管理。台北：五南出版，2011-3：535。

以使整個文化環境逐漸「有機化」的著手點，然而教育始終是它的基礎，承擔著人才輸送的要務。從教學實踐中開始，意味著學校可以以一種「小社會」的姿態成為學習者實踐、類比的對象，各種產業在校園中已形成它特有的形態，這是現代社會演變所造成的既成現象。

4. 產權意識

產權意識的缺乏是目前舞蹈市場未能「正常」運作的重要因素之一，整個市場環境如此，就更不用說尚未建立的文化產業園區了。

產權分為三種，即著作權、商標權和專利權。舞蹈屬於藝術創作，受著作權的保護（著作權是作品創作公演後自動生成，不需要向專利局申請），對於改編的舞蹈作品，還受到另一種著作權延伸出來的權利保護。如果遭到侵權，則可申請停止侵權和賠償損失。

舞蹈圈子裡的人缺乏產權意識，主要原因是對它沒有足夠的認識與重視，殊不知產權象徵著對創作人智慧結晶的尊重，同時它起到保護原創藝術家與作品的重要功能。近年舞蹈作品侵權案件層出不窮，這對舞蹈市場來說未嘗不是件好事，因為它喚起了人們對舞蹈產權的重視。

實際上舞蹈表演的侵權比較難界定，而且取證困難，

如果對方略作改動（改動幅度的大小又會影響法官的判決）……這時候，錄像是保障產權的最佳工具，原創者必須取得整個作品的錄像才行。其次，若想受到產權的保護，需要先確定誰是權利人，因為一個舞蹈有可能是多個人編排的，確定了權利人之後，才會涉及到如何保護權利，以及被侵權後如何救濟的問題。要在法律面前提出證據，最好要有書面的東西，比方說首演節目單或是創作專案書、委託書。

有了這些證據後，我們還要釐清的一點是，關於著作權的侵權行為，確定「誰享有權利」與「是否侵權」其實沒有關係。也就是說，如果你主張別人侵權了，應該要先確定誰享有權利。

整體環境中的人有了這種意識之後，一個舞蹈文化產業園區便具備了建立的意義，與此同時，中國才有可能成為國際舞蹈家的嚮往地，更多的舞蹈藝術家也才能夠在一個公正、公開的藝術氛圍中，沒有後顧之憂的創作。

雖然中國每年的舞蹈作品產量很高，舞蹈院校、舞團的數目在世界上也名列前茅，然而舞蹈文化產業、舞蹈產業園區等經濟型文化事業機構的建立，目前在中國大陸只能說是「概念」階段，原因除文中所提人力資源的素質積

弱外，政府政策的缺失，少有企業、民間基金會支援，商業圈無法持續運轉等，都是影響它滯後發展的相關因素。本文從教育的角度進入，展開人才素質能力的探討，實際上僅是種種關鍵因素之冰山一角，更多的問題亟待在實踐的過程中一一予以探討。

本論文發表於2013北京師範大學國際創意舞蹈研討會

Topic 8

品牌行銷對舞蹈文化產業
發展的重要意義

　　這樣的說法恐怕難以得到舞蹈家們的一致認同，然而從文化產業的角度來看，藝術創作活動實際只是行銷行業中的一部分行為[40]。「現代行銷學之父」Philip Kotler為「行銷」（marketing）做出的最簡短定義為「有利益的滿足需要」[41]，因此「需要的滿足」是藝術實踐推廣與文化產業行銷間取得平衡的最大動力。現代行銷並沒有數學公式般的絕對定理，因此，當它與作為表演藝術的舞蹈在市場中相遇時，舞蹈表演的特殊性在本質上，便開始牽制了該項文化產業的發展。為磨合二者間之衝突，為滿足二者間之需求，本文擬以「品牌」為引，使求「藝」的舞蹈創作，與求「實」的產業行銷，能藉以「品牌」特性在現代消費習慣中所占之優勢，將二者在文化的市場鏈中緊密扣合。

　　研究者本身任教於北京師範大學舞蹈學系，負責「舞蹈文化產業案例研究」、「舞蹈管理」等相關課程，在備課與教學過程中，有感於舞蹈創作與產業發展間之難點，在於兩者之間難以平衡的共識，隨即加深探討此題其中有

---

[40] David Throsby著。張維綸等譯。文化經濟學。台北：典藏出版，2003-10。

[41] Philip Kotler等著。王永貴等譯。營銷管理。上海：格致出版，2009-11。

關諸多疑問。據2011年維基百科統計，台灣地區「網上有名」的舞團有95個，但可用做爲「成熟型」案例研究的，卻如晨星寥寥。究其原因，仍在於整個舞蹈文化產業圈裡，人力資源配置不夠均勻，然而此類問題卻不是短時間內可由圈內人來改善的，因此，在這樣的背景下，研究者從多年的研究心得中，嘗試捕捉舞蹈創作與文化產業之間的連接點，以「品牌行銷」爲切入口，從觀念上喚醒舞蹈產業中「品牌行銷」能爲其疏通的幾處快捷方式，盼能釐清自己在教學上的幾處盲點，同時爲舞蹈圈的文化產業發展，累積些許相關之參考資料。

一般的文化產業活動基本上被畫分爲三類：一是生產與銷售以相對獨立的物態形式呈現的文化產品行業（如生產與銷售圖書、報刊、影視、音像製品等行業）；二是以勞務形式出現的文化服務行業（如戲劇舞蹈的演出、體育、娛樂、策劃、經紀業等）；三是向其他商品和行業提供文化附加值的行業，如裝潢、裝飾、形象設計、文化旅遊等。

本研究雖以「品牌行銷」爲主要議題，然而研究對象仍爲與表演藝術有關之舞蹈創作。在上述文化產業畫分的三類活動中，「舞蹈表演」屬於其中第二類的範疇，意即以「勞務形式」出現的文化服務行業。考慮到不同文化

消費群體間消費習慣的差異，以及不同國家存在與之相關的相異政策，本文將研究對象限定在中國大陸的地域範圍內，在「作爲文化產品之舞蹈表演藝術」的基礎上，儘量客觀地結合現有的少量案例，對核心議題展開文獻分析式的深入探討。

美國行銷協會（American Marketing Association）將品牌（brand）定義爲「一個名稱、術語、標誌、符號或設計，或是它們的結合體，以識別某個行銷商或某一群銷售商的產品或服務，使其與他們競爭者的產品或服務區別開來。[42]」

產業中的舞蹈並沒有「實體」，亦無一通用普及的記錄法，因此難以被重複鑑賞或長期保存，然而這卻不影響它與他類產品一樣具有樹立品牌的資格，相反，舞蹈的非物態特性，反而成爲品牌塑造的優勢。觀眾從舞蹈中消費的，僅能是現場上的情緒感染，屬於一種純粹的精神享受，同時也是一種不可觸碰、難以挽留的審美感受[43]。這個特性使每個舞蹈在發生時具有獨特性，即使外在形態受

---

[42] Philip Kotler等著。王永貴等譯。營銷管理。上海：格致出版，2009-11。

[43] 呂藝生著。舞蹈學導論。上海：上海音樂出版社，2003。

到複製，其品牌中的「服務」內涵也無法被嫖竊，藝術家／藝術品的品牌化進程，也將由此開展。「品牌化」將帶領舞蹈成為一種根植於現實中的感知實體，因此，在藝術品被「創造」出來之前，設定一個核心或定位，是每個舞蹈品牌在建立的過程中，不容忽視的重要環節。

1. 設定品牌，而非限定風格

　　首先，舞蹈品牌的設定方式，並不像畫家在自己的作品上簽名，或工藝家在藝品上烙下特定標誌那樣，舞蹈品牌的核心設定可以是一個口號，或一種體現在作品中對於某種元素的堅持，如《雲門舞集》早期喊出的「中國人作曲，中國人編舞，中國人跳給中國人看。」在以重視自身「文化」為核心的基礎上，這個口號象徵著《雲門》作為一個品牌所堅持的民族氣節，在處處向「西方」看齊的時代背景下，該團的幾個重要作品，無論在題材選擇或氛圍營造上，始終都圍繞著自己所設定的核心與宗旨。因此，《雲門》在舞蹈市場中所獲得的成功，從品牌反應出觀眾需求的角度上，我們可以將其早期所獲得的良好市場反應，歸功於其品牌核心設定與當時群眾精神需求貼近而收受的理想效果。

　　其次，為品牌設定一個理想的定位也是很重要的。「定位」（Positioning）觀念首先由傑克・特勞特（Jack

Trout:1969）提出，其目的是「在潛在顧客心中得到有價值的地位。」消費者能夠吸收的訊息是有限的，而且他們習慣並喜歡接收簡單的訊息，在琳琅滿目的選擇面前，往往會有失去焦點、缺乏安全感的表現，然而一旦確立了某個定位，消費者對該品牌的印象便不會輕易改變。如大陸舞蹈家楊麗萍為自己設定的「原生態」定位，在動作素材的選用上，令其明顯地區別於教育體系中的「學院派」民間舞，楊麗萍因此獲得了自己在舞蹈產業民間舞中的市場價值，同時也穩固了自己的品牌定位。

　　無論是為舞蹈設定品牌或是尋找定位，這些行為絕不是對舞蹈作品風格上的限定。風格是藝術家在藝術作品中表現的綜合特點，這與舞蹈產品的品牌設定並無衝突之處。就某種角度來說，藝術家／團體的風格一旦建立，就很難被外界的限定束縛。藝術創作離不開現實生活的足跡，除了舞蹈作品受到時代大浪的推動外，秉持著自己的品牌核心，舞蹈品牌的設定與定位亦允許在藝術家與觀眾的雙向交流中變換方向。

2. 優化品牌，而非濫化產品

　　品牌化一直是消費者區分產品生產者的標識，所以優化產品本身，提高藝術品的品質，是藝術家對消費者負責任的一種表現。不同分層、不同領域的舞蹈對表演品質有

不同要求。中小學舞蹈應重視寓教於樂，表演中多突出五育均衡發展的成果；高校舞蹈在藝術創意的基礎上，技術訓練（包括肢體與思維）的成果展示必將得到充分發揮；職業舞團直接面對市場，其作品的專業性和綜合性品質自是不在話下。從藝術風格來區分，一個標榜著「古典」的芭蕾舞團，應能嚴格遵守該類舞蹈開、繃、直、立，輕、高、快、穩的美學原則[44]；民族民間舞的表演，在相應舞蹈素材的選擇下，必然竭力表現該民族的生活樣貌以及精神狀態；現代舞在求新求變的試驗過程中，概念探索的態度必須始終堅持……。不同層次的藝術有不同層次的觀眾群需要占領，這種市場區隔對於行銷人員是重要的，對於團體的領導人也很重要。只有找到一個有別於他者的區隔並且堅持最佳化，才能讓自己的團體有準確的市場定位[45]。

　　在清晰的品牌設定下，經營者必須能保證自己將推出的作品達到一定水準，不應盲目趨附潮流，也不該相互攀比較勁。比較常有的情形是，為「績效」而製作作品，試圖以量取勝，妄想給觀眾製造一種百花齊放、無所不能的假像，這樣不但會影響自身的品牌形象，也會讓觀眾對該

[44] 歐建平著。外國舞蹈史與作品鑑賞。北京：高等教育出版社，2011。
[45] 呂藝生著。藝術管理學。上海：上海音樂出版社，2004：229。

品牌失去信心。因此，藝術家們絕對不能抱著得過且過、
濫竽充數的心態，在獲得相對平衡的市場需求基礎上，堅
持自己的藝術原則，從品質上作到藝術的最佳化，使舞蹈
產品發揮其品牌化最大的效果。

3. 銷售品牌，而非販賣勞力

「動作」，是舞蹈區別於他類藝術的本質特徵[46]，然
而它絕不該是舞蹈在市場中被拿來拋售的對象。許多藝術
家或舞團到處「走穴」，期望靠票房來維持舞團的運作，
然而事實上，這是不現實的。建立一個品牌，能為舞蹈在
市場中表達至少六層意思。

以2009年大陸編舞家張繼鋼執導的大型音樂舞蹈史
詩《復興之路》為例。一個品牌首先給人帶來某些特定
的屬性，《復興之路》帶有莊嚴細膩、龐大製作、愛國情
操、革命、高聲譽等屬性。當屬性需要轉換成某種功能或
情感利益時，屬性「愛國情操」便可以轉化「我可以成為
一名受人景仰的愛國者」以及「我熱愛我的國家」等情感
利益等。

另外，品牌可能象徵了一定的文化與個性，《復興

---

[46] 呂藝生著。舞蹈學導論。上海：上海音樂出版社，2003。

之路》意味著中國文化嚴謹、重倫理、群體性強。它同時
讓人想起一些歷史故事裡的忠烈之士，一個很有氣節的愛
國文人；品牌同時體現了藝術家（或投資者）的某些價值
感，由3200名演員、6500件道具參與演出的音樂舞蹈史
詩《復興之路》，僅用了6個月的時間，說明執導者統籌
能力的熟練與精確，體現了專業、效率、高品質的價值；
品牌還指出了對使用者的期望，《復興之路》體現出他們
期待接觸的消費群，是對國家歷史有濃烈興趣、對國家情
感熱烈執著的觀眾。

在品牌為舞蹈於市場中建立了幾種不同意義後，《復
興之路》不需要再反覆召集3200名演員聯台公演，他們
成功地建立並運用了自己品牌的意義，相繼製作同名歌舞
電影、歌曲集、紀實圖文集、攝影畫冊、評論集等，不僅
得到了相當不錯的銷售成績外，亦能讓消費者在新舊印象
的交迭處，重新「感覺」《復興之路》中的審美情感。

4. 延伸品牌，而非拉伸顧客

永續經營是文化藝術市場行銷中一條漫長的路程，
大多數表演藝術團體在發展過程中，都要面臨文化消費
市場日趨多元化、多品化（多個產品）、多能化（多個功
能）、多樣化（多種產品樣式）、多角化（定性角度多
樣）、多客化（多目標化）……的轉變，這必然使無形資

產凝聚物的「品牌」，面臨著如何變化的問題。因此，品牌企業如何適應這種經營變遷，同樣也是經營者戰略管理的核心。

觀眾是善變且禁不起考驗的，特別是在千姿百態的現代表演藝術活動中。我們沒有辦法將觀眾的審美習慣長久定性，更無法強制消費者的去留。在這種多變的文化產業消費市場中，為了擴大市場，也為了增加觀眾的訊息接受度，許多舞蹈品牌開始嘗試延伸。品牌延伸，是指一個品牌從原有的業務或產品，延伸到新業務或產品上，多項業務或產品共用原有的品牌資源。也就是說，經營者利用已經取得成功的品牌來推出新產品、新業務、新項目，使其開始產生市場運作，獲得原來品牌的支持力量，也擴大了品牌與群眾的接觸面。

最常見的延伸方式是將舞蹈延伸至影音光碟的製作，它雖然不能重現觀眾在舞蹈劇場中的臨場感，然而它記錄了舞蹈的外在形式，能幫助觀眾在回味的時候有了憑證和依據，從這一點上我們可以說，舞蹈用品牌的力量，延續了它的服務和象徵。其他舞蹈品牌延伸的方式還有「子團」的設立（如《雲門舞集二》）、舞蹈教室的（連鎖）建立、周邊商品的製作等。另外，大陸舞蹈家楊麗萍借助其舞劇《雲南映象》的推廣與成功，和廠商合作開發的

「雲南映象生態飲品」，在昆明建立占地1250畝的「雲南映象主題文化社區」，都是舞蹈品牌延伸的成功案例。

5. 跨接品牌，而非拼接商標

專業藝術發展的限制，很大程度上歸因於狹隘。閉門造車儘管能說明提高專業技術的精緻等級，但局限於少量特徵的藝術作品，卻容易受到現代文藝消費市場的淘汰。

品牌跨接行為對現代藝術是一種解放，「所有不可思議的事情都是值得探索的」，這樣一個簡單的概念便從行銷策劃上，說明現代消費者與消費物件的心理戰──現代人需要解放心緒的壓抑，需要窺探來滿足心理的好奇。然而品牌跨接並不是眾多商標的任意拼貼，商標只是一個符號性的標誌，而跨接必須建立在品牌的服務與產品沒有相斥屬性的基礎上。

很常見藝術品牌跨接像舞蹈與音樂，或舞蹈與話劇、電影的合作。另外，近年來舞蹈藝術開始與其他產品廣告作跨接的合作，如法國編舞家安基里（Angelin Preljocaj）2011年與法國航空公司合作的廣告《起飛》（*L'envol*），便採用了其作品《公園》（*Le Parc*）裡的某個概念，Angelin將舞蹈帶給觀眾的審美吸引力，轉換為法國航空公司對於安全、舒適、專業、優雅的品牌要

求，在意義性和難忘度上同時符合了該舞團與航空公司所選擇的品牌元素，屬於舞蹈品牌跨接的成功嘗試。

品牌行銷的概念，在藝術家們的心裡絕對不是一個陌生的概念，可是當它真正與舞蹈藝術在市場中並行時，諸多矛盾便漸漸在藝術家的意念中浮現出來。《藝術管理概論》[47]中，指出了國內藝術市場「沒有穩定的投資實體」和「缺乏藝術經營者的參與」兩大問題，這些問題是值得思考的。舞蹈市場中的投資實體，是指具有鑑賞舞蹈藝術的眼光，又有投資舞蹈作品／團體能力的個人、群體或團體機構。舞蹈市場裡若長期只有藝術家與商人這兩種極端人群，而沒有愛好機構或所謂的「收藏家」來支撐的話，舞蹈市場即使有過泡沫式的輝煌，也難逃疲乏至蕭條的慘澹命運。

另外，藝術創作與市場經營是兩種思維，應該在實踐上得到應有的分工，然而很多藝術團體因為資金短缺，忽略了專業管理人才的僱用，實在是因小失大的決策。殊不知市場經營的成功與否，很大程度上取決於經營者的素質與能力。從市場的角度來說，一個舞蹈在面對觀眾之前，

---

[47] 曹意強主編。藝術管理概論。杭州：中國美術學院出版社，2007：90。

只是由連接動作所組成的各種人體姿態，她將是傳世經典？或將是情感垃圾？其差別全在於經營。這就是文化產業市場精彩與奧妙的地方。沒有經營者，就沒有藝術市場的存在，所以人力資源的妥善分配與合理應用，應該成為當下啟動舞蹈文化產業的重點議題。

品牌行銷，不再是一個與藝術活動衝突的行為，無論是個別藝術家還是職業舞蹈團體，藝術的創作概念需要推廣，舞蹈的審美活動需要受眾。「以顧客為導向」，是現代行銷觀念的精髓理念。即使擁有相當精緻的藝術作品，也建立了與眾不同的品牌形象，然而現代社會龐大而繁雜的訊息流通模式，使每一個越是急待讀取的訊息，顯得越發輕微。傳遞出去的訊息是否被接收？將如何被看待？這觸及到媒體與公關的問題，而這又將是舞蹈文化產業發展的另一個巨大考驗。

本論文發表於2012華崗舞蹈論壇兩岸學術研討會

寫在最後

潦潦草草，終究還是花了五個寒暑才完成這一本書。初中學芭蕾舞，高中學現代舞，大學學中國舞，研究所之後轉舞蹈理論，工作後又一頭栽進舞蹈藝術管理，這麼多才多藝，我應該也算是個多元舞蹈人才吧，哈哈⋯⋯。

我讀大學的那個年代沒有藝術行政或管理的課程，我也沒有藝術管理相關的學位背景，這本書裡面提出的幾個疑問，以及所收錄的幾篇論文，不是想要建立什麼弘大的學科框架，僅僅只是我進入北京師範大學任教後，因開設了「舞蹈藝術管理」課程，在備課或與學生們一起做演出的時候，所產生的幾處思考，從教師管理者的視角，幫自己、也幫學生把這些經驗記錄下來，作為我們成長道路上「自學成才」的紀念和證據。

可以完成這本書，首先我要感謝我的父親，謝謝父親給我的基因中，自帶勤奮刻苦、越挫越勇的韌性，讓我這五年來即便生了兩個孩子，學校的課又那麼多，每天睡覺的時間都不夠了，還是可以利用一些零碎的時間，完成這本書的寫作。父親是個商人，也是個優秀的

公司管理者，自小對我於管理方面的薰陶，給我很多大有裨益的觀點，如果沒有他作為我的精神導師，給我一些親身實踐的管理機會，我想我可能還是一朵只能紙上談兵的溫室花朵而已。

其次我要感謝我的博士導師歐建平教授，作為一個我行我素的瀟灑女漢子，在北京10多年，多虧恩師如師如父的提攜與關懷，讓我經常覺得自己是個「有後台的人」，無論是工作還是生活，有「歐派」這個娘家可以依靠，自信心與正能量隨時都是滿滿的狀態。博士畢業8年有餘，還能像我這樣經常纏著老師，做學生最幸福也不過如此了。感恩。

接著我要謝謝肖向榮老師，雖然每次看到他的名字出現在屏幕上，就會有一種莫名的壓力，但他是這幾年來，在專業上予以我最大助力的人。感謝他的信任，將北京師範大學舞蹈系的「舞蹈藝術管理」課程交給我；感謝他的信任，在我還只有空口白話的時候，就讓我把這一門原來只是理論教學的課堂，變成偏向應用實踐的「理論課」。作為北京師範大學藝術與傳媒學院唯一的台灣籍教師，經常克制不了自己言論自由的天性發揮，感謝肖老師長期以來對我婉約的包容，感念肖老師的知遇之恩。

然後我還要感謝我的碩士導師呂藝生教授與北京舞蹈學院張朝霞教授。呂老師一直是我的表率，特別是在「自學成才」方面；呂老師退休後更忙碌了，但是他每一次都肯回覆我的訊息，這個細節經常讓我感到很受鼓勵。張老師應該不認識我，但她是我很敬重的前輩，舞蹈管理在中國大陸目前還是個比較冷門的學科，張老師的著作和譯作在我的「舞蹈藝術管理」課程應用中，給了我許多啓發，幫助我加速度過了一開始的矇昧階段。

　　我必須感謝我的大學母校中國文化大學，中國文化大學舞蹈學系的老師們從我不懂事的「叛逆時期」就開始教導我、包容我，當了大學老師之後我常常想起讀大學時的任性與衝動，當時我最不耐煩老師們的諄諄教誨與苦口婆心，現在變成我一日三省的箴言準則。感謝伍曼麗主任、魏沛霖老師、蘇安莉老師、李偉賓老師予我的鼓勵與幫助，感謝。

　　本書的Tips「插花者」李艾倩老師，也是我不可忽略的感謝對象，艾倩老師是我的大學老師，雖然我在唸大學的時候跟她一點也不熟，還覺得她實在很囉嗦，不過她真的是一個超級有經驗的專業舞蹈行政人員。我剛剛進入大學工作的時候，什麼行政管理的事情都不會，厚著臉皮什麼都問她，於是她隔岸「遠程遙控」，教

我企劃書怎麼寫、會議議程怎麼做、各種不同作用、長相怪異的表格、文件如何整理，鉅細靡遺，知無不言，言無不盡。這本書的寫作雖然大部分文字是我完成的，但絕大部分的內容，是亦師亦友的艾倩老師給予我的知識。感謝艾倩老師無私地傾囊相授，明明懂得比我多，還願意幫我「插花」。

另外，我很想給我的學生們一人按一個「讚」，我知道你們很累、很忙、很辛苦，然而你們總是能完成各種「不可能的任務」，真的很棒喔！你們每一次在台前幕後獲得成就與滿足的樣子，是我教學過程中最大的寶藏！感恩一路而來有你們的陪伴，感恩每一個你。

最後我要感謝我的丈夫、兩位女兒、哥哥嫂嫂、還有公公婆婆。家和萬事興，感謝你們的各種「配合」，讓我可以做我喜歡做的事情，雖然我經常會抱怨，但我還是愛你們的，謝謝你們。

最後的最後，感謝從未離我遠去的媽媽，因為曾經擁有過您無微不至的呵護，現在的我，學會用與您一樣的堅強，面對生活中的一切困境，謝謝您。

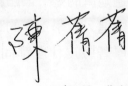

2017年8月，北京

致謝詞

除了研究所論文以外，這是我的第一本書。第一次把我將近二十多年實務工作心得與經驗透過出版的方式整理出來，提供一些我所知道的舞蹈行政及舞蹈管理事務供後輩參考。

首先要感謝本書的第一作者陳蒨蒨博士，學習並沒有年紀的限制，也沒有學歷的高低。我很愛跟蒨蒨老師討論關於舞蹈管理各方面大小事，在討論中不斷的修正，綜合分析各面向以更能順應時事，符合所需。感謝她給予這次參與本書的寫作機會，雖然我的角色屬於插花性質居多，但因為有她的督促讓我能跟著這麼本書一起成長，好友謝謝你。

同時，也感謝中國文化大學舞蹈系伍曼麗主任及全體老師們，感謝你們給我機會從事舞蹈行政管理這工作，使我能在舞蹈中學以致用，也深刻的了解舞蹈行政管理的甜跟苦，感謝您們這麼多年來的鼓勵及包容，沒有你們就沒有今天的我。

另外，經驗這件事情是需要傳承跟交流的，感謝我

的同事李偉賓、王禎綺和郭亮玎不斷的給我支持、激勵跟指導，讓我遇到困難時都能順利的迎刃而解。

也謝謝我的家人，爸爸、媽媽、妹妹奕萱、妹夫高起鑫不斷的從旁協助，尤其感謝姐姐（李宛霖）一筆一筆幫我畫出這些插圖。讓這本書能順利完成你們功不可沒。

最後也感謝所有支持這本書的讀者們，謝謝你們。

李艾倩

2017年11月

參考文獻

一、直接相關文獻

Lois Ellreldt, Edwin Carnes. Dance Production Handbook or Later Is Too Late, National Press Book, 1971.

謝文全，學校行政。台北：五南圖書出版公司。1993。

Philip Kotler等著，方世榮譯，行銷管理學。台北：東華。1995。

Toby Clark著。藝術與宣傳。台北：遠流出版公司。2003。

辛玫臻著。台灣表演藝術團體經營之探討——以舞蹈表演團體為例。台灣體育學院。2004。

呂藝生著。藝術管理學。上海：上海音樂出版社。2004。

張佳琳著。課程管理——理論與實務。台北：五南出版。2004。

Twyla Tharp著。張穎綺譯。創意是一種習慣。台北：張老師文化。2005。

秦夢群主編。學校行政。台北：五南出版。2007。

曹意強主編。藝術管理概論。杭州：中國美術學院出版社。2007。

孫亮著。文化藝術市場行銷。北京：文化藝術出版社。2008。

孫亮編著。文化藝術市場行銷。北京：文化藝術出版社。2008。

Lawrence Stern著。舞台管理。北京：北京大學出版社。2009。

Philip Kotler等著。王永貴等譯。營銷管理。上海：格致出版

社。2009。

趙晶媛著。文化產業與管理。北京：清華大學出版社。2010。

夏學理等著。藝術管理。台北：五南出版。2011。

Twyla Tharp著，胡瑋姍譯。頂尖舞蹈大師的合作學。台北：馬可波羅文化出版。2011。

森下雄信著。寶塚的經營美學。台北：經濟新潮社出版。2016。

沈敏惠著。演出製作新鮮人手冊。台北：表演藝術聯盟出版。2013。

王國明。挑戰2008：國家發展重點計划：文化創意產業發展計畫之評論設計。台北。2002。

行政院文化建設委員會。表演藝術產業調查研究。2007。

台灣藝術大學。台灣藝術大學教學卓越計畫。2011。

二、相關文獻

歐建平著。現代舞的理論與實踐。北京：光明日報出版社。1994。

呂藝生著。舞蹈教育學。上海：上海音樂出版社。2000。

王國明。文化創意產業發展計畫之評論。設計。台北。2002。

歐建平著。世界藝術史舞蹈卷。北京：東方出版社。2003。

呂藝生著。舞蹈學導論。上海：上海音樂出版社。2003。

詹姆斯‧海布倫等著。藝術‧文化經濟學。台北：典藏出版。2008。

歐建平著。舞蹈鑑賞。江蘇：江蘇教育出版社。2009。

行政院。創意台灣──文化創意產業發展方案行動計畫98-102

年（核定本）。2009。

行政院文化建設委員會。文化創意產業年報。2009。

歐建平著。外國舞蹈史與作品鑑賞。台北：遠流出版。2011。

韓良露等著。文創進行式。台北：遠流出版。2011。

李天鐸編著。文化創意產業讀本。台北：遠流出版。2011。

黃光男著。詠物成金──文化。創意。產業析論。台北：典藏
　　出版。2012。

徐中孟、李季著。世界文化創意產業園研究。台北：秀威出
　　版。2012。

陳蒨蒨。菁英式舞蹈教育向舞蹈綜合型人才培養轉化所面臨的
　　問題。台北：中國文化大學。2015。

三、其他文獻

鄭熙彥。學校教育與社區發展。高雄：復文圖書出版社。
　　1985。

仲小玲、徐子超譯。文化創意產業（上），Caves, R.，台北：
　　典藏藝術家庭。2003。

David Throsby著、張維綸等譯。文化經濟學。台北：典藏出
　　版。2003。

文化建設委員會編，文化創意產業產值調查與推估研究報告，
　　台北。2003。

司徒達賢著。策略管理新論。台北：智勝文化。2004。

王如松、周鴻著。人與生態學。雲南：雲南人民出版社。
　　2004。

詹姆斯・卡倫著。媒體與權力。北京：清華大學出版社。
　　2006。

張銳著。城市品牌——理論、方法與實踐。北京：中國經濟出版社。2007。

柳軍、肖鋒。跨界。廣東：廣東經濟出版社。2008。

Charles Landry著，楊幼蘭譯。創意城市。台北：馬可波羅。2008。

肯‧羅賓森著，黃孝如譯。讓創意自由。台北：天下遠見出版。2011。

Stevev Johnson著。創意從何而來。台北：暖暖書屋出版。2011。

薛良凱著。今天創意教什麼。台北：暖暖書屋出版。2012。

莊三修。政府文創產業補助與輔導政策績效評估之研究——以表演藝術爲例。台北：台灣藝術大學。2001。

陳弘揚。文化創意產業之品牌行銷研究。台北：銘傳大學。2005。

林容婉。文化創意產業行銷策略與經營策略發展指標之研究。台南：立德管理學院。2006。

國家圖書館出版品預行編目資料

舞蹈管理和製作的理論與實踐／陳蒨蒨,李艾倩
著.--初版--.--臺北市:五南,2018.09
　面；　公分.
ISBN 978-957-11-9868-2（平裝）
1.藝術行政 2.組織管理 3.舞蹈創作
901.6　　　　　　　　　107013155

1Y46

舞蹈管理和製作的理論與實踐

作　　者 ─ 陳蒨蒨　李艾倩

繪　　者 ─ 李宛霖

發 行 人 ─ 楊榮川

總 經 理 ─ 楊士清

主　　輯 ─ 陳姿穎

封面設計 ─ 姚孝慈　王麗娟

出 版 者 ─ 五南圖書出版股份有限公司

地　　址：106台北市大安區和平東路二段339號4樓

電　　話：(02)2705-5066　傳　　真：(02)2706-6100

網　　址：http://www.wunan.com.tw

電子郵件：wunan@wunan.com.tw

劃撥帳號：01068953

戶　　名：五南圖書出版股份有限公司

法律顧問　林勝安律師事務所　林勝安律師

出版日期　2018年 9 月初版一刷

定　　價　新臺幣420元